李花

桃花花紅

白

鹿憶鹿／著

聽到葉落的聲音

　　秋天一到，你想起東京日比谷公園松本樓的那棵幾百年的銀杏，想起雨滴滴在銀杏上的夜晚。朋友曾經說，不希望自己是被描寫的對象；可你總是不經意地想起，生命中的歡愉與精彩段落，或者不想與人細訴的難堪部分，只有他懂得，或願意傾聽。那些是二十年前的事了，你經過瀾滄江的心情。經過二十年，好像許多文字就是為他而寫。

　　人生到某一個年紀，計算時間常常是十年二十年為單位。

　　在寫〈合肥車站〉一文時，你記得幾個點。1949、1989，然後1999、2009，只是那幾個數字，生命的滄桑就不必多說了，想起來，只是語塞。年輕的父親，二十歲剛過，從阜陽到蚌埠，再到合肥，杭州，馬上就到了六十、七十歲！回鄉，見到從未謀面的四十幾歲的務農的兒子，長相有如一個模子出來。

　　2009年春天，站在合肥車站擁擠的人群中，首次見到與你有血緣關係的兄長，與父親首次的會晤遲了二十年。只是無語，真的無語，好像是一路踉蹌，逃難似的離開合肥車站，怕見到與父親一模一樣的人，恍惚間，亡故的父親立在眼前，告訴你，多吃

一點麵條，要加辣椒嗎？受了風寒一定要吃辣椒，把一整盤紅艷吞進，有如燃燒百毒，驚天駭地後，恍如隔世，好了。

在昆明，才發現上次是二十年前，去大理，也是二十年前。二十幾歲的清秀女孩來找，她是二十年前那個聽大野狼故事的小女孩。

在昆明，想起吃藕粉的往事，想起喝咖啡的往事，是二十年前杭州的藕粉，還有二十年前深夜蓮花池的一杯咖啡。你走在蓮花池的那一段校園中，銀杏的葉子正在凋落，你聽到葉落的聲音。一片片扇墜的金黃飄落，像似飽嚐秋天的豐華後的滿足，自信而莊嚴地謝幕。

秋天以後，與朋友沿著怒江、高黎貢山、碧羅雪山，在大山與大江的壯闊中說二十年前的往事，二十年前是青春的愛戀，青春從來不會老去，愛戀痴情卻纏綿一生。朋友說，個人生涯的這樣那樣遺憾都隨秋陽蒸發，水流拋下一份濡濕的堅硬，深山的巨石是江水寂寞的角落。寂寞的需要，是同自己對話的需要。在怒江第一灣的某個角落，秋天後的黃葉飛揚著，水流將它帶去，帶去遠方。你到大理古城，將麗江的一張木刻版畫明信片寄給朋友，如同二十年前一樣，你堅信朋友會深切盼望，盼望收到你在大山大江之間捎去的想念，收到你一路平安的音訊。人生會不會再有一種可能，你與朋友再同行，走過二十年前的山徑或水邊？黃葉不再飛揚，夕陽使得風安靜下來。眼前葉子一片一片落下，你聆聽落葉細細呢喃，像似與秋山秋水道別的聲音。

回到你的台北，才發現小屋的櫻樹已然落盡了它的黃葉，乾淨的枝椏在深夜中伸展，有如頭角崢嶸的獸，地面上，這裡那裡

桃花紅李花白

都是一層層黃艷，在月光下，閃爍，猶自不肯歇息。你想起朋友應該此刻也擁有這樣的月色，在怒江丙中洛的夜晚，遏抑撥電話的衝動，台北也有滿天星斗嗎？擁擠到每顆星都屏息，而你在三千公尺的高黎貢山上感動到淚流不止。

隔日清晨，你驅車過橋，臨溪而行，原來的桃樹莫名地被砍去，只見到李樹上有點點的白。原來，春天從不會老去。即使，不能桃李爭榮，李花仍自顧自開了。

目次

桃花紅李花白

當春天開始，每日自臨溪路轉入校園，在大門口就見到新栽的桃樹有幾點含苞，再幾步路，更見到滿樹白花在和煦春陽中綻放。原來，新拓寬的道路旁有了桃花也有了李花。

桃花紅，李花白。花開花落，問了所有人，沒人見到花開，也沒人見到花落。問學生，校門口新種了什麼樹？開了什麼花？學生不是說騎車進校園未注意，就是說走臨溪的一邊只看溪裡的吳郭魚。又問了一起搭電梯的同事，她說開車時只專心路況，不會去看窗外的樹木花草。

不是有句話說：桃李不言，下自成蹊嗎？桃花開過李花開。桃李不言，成蹊很難。所有的人都關心，劉兆玄校長要去當閣揆了，還有人忙著寫詩歌功頌德，不願意浪費筆墨書寫春天。沒人注意，春天來了，走了。

也許是一種職業敏感，看到校門口有桃花李花，第一個直接反應就是學校刻意選擇栽種這兩種樹，桃花紅李花白，春風桃李，不就是代表教育嗎？在春天來臨時，桃李滿園。

打電話給有關單位，詢問種桃種李是經過哪位高人指點？沒想到有關單位答覆，並非學校的意思，當初完全是台北市政府的安排，桃樹李樹，都是市政府種的，學校沒有意見。

不知為什麼？突然感到自己的可笑，原本以為種桃種李是學校的用心良苦，不料竟是大夥都未發現門口已是桃李爭春，每天只關心校長要去接任閣揆。而說到校長的接任閣揆，又是另個自作多情。

小學生問我，什麼是閣揆？行政院長囉。行政院長比校長大嗎？大一點吧，我並不太能確定。那麼，行政院長就跟督學差不多了。督學來時，我們校長都很緊張。

也許，大家都不解，當校長真比不上閣揆？一百年來，我們不記得誰當過行政院長，我們只記得，蔡元培當過北大校長，蔡元培三個字與未名湖成了北大不能分割的象徵。

何須要一百年，八年來，我們不記得誰當過行政院長。

我一直以為，劉校長與其他人不同，他應該無意於官職，他會比較喜歡東吳大學的校園。畢竟，他曾經醉心於武俠小說的世界，他的文學造詣比較好，可能會懂得欣賞，桃花紅李花白的春天。

不知為什麼？突兀地想起司馬遷。司馬遷也是一個自作多情的人，他自作多情地以為，當皇帝的人像他一樣，會欣賞李廣或李陵。

「桃李不言，下自成蹊」就是司馬遷在寫《李將軍列傳》中拿來形容李廣功業的句子，他言明這是當時的諺語。書中記載李廣「死之日，天下知與不知，皆為盡哀。彼其忠實心，誠信於士

大夫也。諺曰：『桃李不言，下自成蹊。』」書上進一步註解：
「桃李本不能言，但以華實感物，故人不期而往其下，自成蹊徑
也。以喻廣雖不能出辭，能有所感，而忠心信物故也。」桃樹、
李樹並不會說話，但因其花美果甜，人們自然去摘取，就會在樹
下踩出一條路。然而，命運畢竟難違，李廣的兒子死於非命，孫
子李陵被滿門抄斬，終於被迫老死匈奴。日本早夭的小說家中島
敦《李陵》一書，寫了李陵的悲劇，也寫了司馬遷的悲劇。或
許，歷史給了司馬遷公道，也給了李陵公道，二千年後，有人理
解司馬遷的寂寞，也理解李陵的委屈。是否一生為病所苦、始終
有死亡陰影的中島敦比較能理解？當上天都不眷顧時，你唯一的
期待是，歷史要給一個交代，一個公道。

　　桃李有那麼豐富而深刻的文學意涵。《韓詩外傳》中有一段
話：夫春樹桃李，夏得蔭其下，秋得食其實。在臨溪路上走著，
左岸一彎清溪，右側幾株桃李，春日的微風中，我想像秋日的甜
美果實，在枝頭綠蔭與青春學子打照面。我們也不得不想起李白
在春夜的桃李芳園宴飲，羽觴醉月。

　　在桃花紅李花白的臨溪路上，我們可以建造一座蘇州式的石
橋，我們可以認養這段溪流，環保容許的話，可以做個攔水堰，
兩岸遍植楊柳。劉兆玄校長離開東吳前，就想好了那座橋的名
字，名字寫在橋旁的一塊石頭上，石頭上鑴刻三個字——春尚
好，這是李清照的詞「聞說雙溪春尚好」。

　　春尚好的石頭還未出現，校長接了閣揆，他原先不想任命
的系主任繼續當主任，而且，還寫了一首詩歌頌校長。無人非
難校長，卻以為教授應該知所進退，應該展現知識分子的風

骨，不應戀棧位置。人事依舊，景物全非，學術圈透露出生命的荒蕪。

在春天即將結束的桃李園中，偶爾，見到天空薄雲飄著，心裏總有一絲絲好奇。不知，年少時寫武俠小說的閻揆可欣賞別人對他歌頌的詩？

桃花紅李花白

鼎沸鹿鳴

　　遇見詩人許悔之，認為我最適合幫他們公司代言，詩人經營一個出版社，曰有鹿文化。去台大舟山路的鹿鳴堂吃飯，同行友人戲稱飯館似是我家所開設。當然，我要說的是，自己從未有想開出版社或書店的念頭，倒是常有開餐館或賣咖啡的主意。

　　是鹿鼎難烹小鮮嗎？只要在家，幾乎都在廚房，從燒開水到煮紅豆湯、蒸地瓜等，好像爐火開的時候居多，鍋熱鼎沸，煮婦之名，當之無愧。我一直努力鑽研廚藝，希望有朝一日，自己專屬的鹿鼎不只能齊家，也能平天下。

　　忝為知識分子，說這句話當無自謙，反倒有些羞愧。開一個課程會議，討論一個奇怪的議題。檢查研究生有無在書上標點符號，可以當一門研究所必修課程嗎？或A教授檢查，或B教授檢查，或C教授D教授輪流檢查。如此，或兩星期檢查一次，或四星期檢查一次，竟算必修學分。研究生始終不明白，檢查標點符號的教授需要何種專業？學生們拿來課堂上講，說是去買豬肉時，年輕肉販忙著標點《論語》，說是賺外快，替人標點，一本五百元。難怪吃的紅燒肉有書香味，原來肉販標點過《論語》。

學生哄堂大笑之餘，扮演起教授呼籲道，要自己畫圈，順時針畫圈，用萬寶龍鋼筆，會畫圈就能當教授，不怕將來沒頭路。

Russell Jacoby在《最後的知識分子》一書中，批評現在的美國知識分子只汲汲營營於學術職位。其實，這樣說，或太高估台灣的學術界，有時候我們只見到酬庸人事，運作誰當系主任，運作誰當教評委員、課程委員。為什麼大部分的所謂知識分子都選擇成為鄉愿？沒有安全感甚至使人淪落到幫兇共犯，原因無他，或為升等怕與主管敵對，或為延退，或為多一點鐘點費。說穿了，為稻粱謀，是為了幾個錢，圖幾個錢不就是為了吃一口飯？

想想，廚房之事比學術有趣太多。忝為知識分子，講烹煮還得由學問談起，袁枚因此寫《隨園食單》，告訴大家如何把飲食當學問來做，袁枚的可愛處在，不但寫什麼《子不語》，還要昭告天下，他愛吃會吃，是個懂得生活的人。

袁枚的講究都非我所能，他寫了一大堆須知，〈作料須知〉中寫廚房作料要如婦人的衣服首飾，我既無名牌華服，也無半顆珠寶首飾。善烹調者，要用優醬、香油、酒釀、米醋，還強調蘇州店賣秋油，醋則以板浦醋為第一。我再看他的〈洗刷須知〉，燕窩去毛、海參去泥、魚翅去沙、鹿筋去臊。夠了，袁大才子，我投降出局。

袁枚畢竟有他的見識，他在〈須知單〉後有〈戒單〉八項，其中，〈戒耳餐〉、〈戒目食〉都是上流社會的通病。耳餐者，只是好聽。海參、燕窩，庸陋之人，全無性情，寄人籬下，不似豪傑之士，各有本味，自成一家，豆腐遠勝燕窩。看到這兒，不

桃花紅李花白

禁要心生感激，我們竟是日日青菜豆腐，自有本味性情。而目食也非我們負擔得起，多盤疊碗，上菜三撤席，點心十六道，連想像都無從想像，何況簡陋如鹿寨寒舍者，鍋碗瓢盆要成套都很難，要找幾個撐場面的點心碟醬油碟也不易。

袁枚的《食單》記了菜餚飯點有三百多種，道光年間又有一位夏先生做了補證，增加了一百六十幾種菜點。這位夏先生只活了四十歲，可自幼環境優渥，家廚都是烹飪高手。話說回來，像我這種童年餐桌上只見過高麗菜的人，長大後必是天下無一不好味。只要一片豆腐，幾根青菜，爐一開，水滾了，沸沸揚揚，馬上口腹飽足。

袁大才子一定對我等沒見過世面人家嗤之以鼻，他的戒單中有項「戒火鍋」，強調名菜之味，有一定火候，宜文宜武，宜撤宜添，瞬息難差。殊不知，我常是管不了那麼許多，一邊看什麼胡文煥《新刻贏蟲錄》，一邊往鍋裡扔蕃茄、南瓜、紅蘿蔔、豆腐，外加培根肉片、中國A菜，紅橙黃綠，五色俱足，又有葷素和合之妙。

炒菜鍋湯鍋平底鍋大鍋小鍋，排排掛在牆上，哆瑞咪發梭啦唏，有如打擊樂器，一樣不缺。還有草編的貓頭鷹鍋墊瞪著雙眼，1992年花五毛錢人民幣在蘇州地攤買的，一尾木製小魚，是2007年去日本當交換研究員在百元商店買的盤墊。晚餐是一盤炒高麗菜，有人稱為包心菜，陽明山平等里的農民種的，炒了四分之一顆，放了一點芹菜，合乎袁枚搭配菜的原則，他特別提到芹菜只能配素菜。如此說來，台灣人常以芹菜搭配貢丸湯似乎是不及格的，我是常煮花枝丸湯或炒花枝，也喜歡灑點芹菜丁的。或

許，袁枚並未嘗試過。炒高麗菜，另外還炒一大盤筊白筍，只是清炒，餐桌上另有一小盤前一晚剩下的燉牛肉。不貪多不務名，不是為了耳餐目食，小孩把菜都吃光了，不會有隔夜菜留下來。

心血來潮，常會到大賣場買兩斤栗子，滿滿一大鍋栗子，先煮過，再放到烤箱小烤一下，栗殼微微裂開就可以吃了。那是家中小孩的零嘴。有時，也幫小孩蒸兩個地瓜，陰陰暗暗的冬日週末午後，去皮的地瓜，可能是紅薯，可能是黃薯，有時是正冒煙的鮮橘色，看他們咬著舔著，總要跌回澎湖的童年時光隧道中，母親日日煮一大鍋地瓜稀飯。母親大去十年了，直到自己為人母，才知未受任何學校教育的她怎樣辛苦面對一個始終有稜有角的女兒。

到一個教授朋友家，她正是屬於不食人間煙火者，廚房一塵不染，冰箱光溜不可見人。她說自己在廚房只燒開水，只洗水果，結婚二十五年，未曾下廚炒過一道菜。一面聽朋友埋怨女兒的忤逆，一面暗暗慶幸自己熱衷烹煮，可以偶爾讓小女在廚房煎蛋、洗菜、刨瓜、削土豆，她總撒嬌地要先偷咬一口剛燉好的小排骨。唯有此時，我才能分享她對未來的憧憬，母女互動，再無比這更幸福的了。

或許，我一直想要自己有口專屬的鹿鼎，不為了烹豬煮魚，是為了讓小女小兒體會有個時時熱鬧鼎沸的家。小女有天發現我竟然知道她課本中的原住民神話，驚詫不已。那可不，她心目中的母親原來只會煮咖哩飯。

桃花紅李花白

被遺忘的小火車站

　　那個小火車站的月台最近常進入腦海中。

　　在冬天微雨的凌晨，窗外對面的陽明山還一片漆黑的，桌上的鐘才五點多，我常常要起床，辛苦地離開被窩，像似拖行一具別人的軀體，在屋裏盲目地踉蹌。如果意識很清醒，偶爾會聽到雨滴接觸到天棚發出的響聲。只不過，意識混沌的時候居多，視線也是模糊的，雙眼因為前一晚長期凝視文字還是疲憊困乏的狀態。

　　簡單地梳洗，在寒涼如冰庫的臥室抖顫著身子換上外出的牛仔褲，躡著手腳走進廚房。樓下說我們起得太早，走路聲音妨礙到他的睡眠，在警戒中意識又醒了大半。將昨晚喝剩的湯放上爐枱，炒了兩個蛋，烤了一片土司。再到另一間臥室喚醒每晚都讀書過午夜的女兒。看著掙扎起床的女兒，我一面詛咒台灣的教育，一面數落教育專家、多元入學方案。

　　女兒在我的駕駛座旁吃餐桌上來不及吃的半片土司，又沉沉睡去。車子一路前行，過衛理女中、故宮博物院，差點擦撞到一早騎自行車運動闖紅燈的騎士。過東吳大學，忽然發現大學門口

的一株桃樹不見了，剩下一個凹洞在那兒。經過雙溪公園的公車站牌時，站牌上是兩個抓猴的大字，紅燈很久，堵在正前方的大公車車身上是徵信廣告，外遇徵信。女兒睜開惺忪的眼，抓猴是什麼？綠燈亮了，她開始喃喃背誦著一大早要考的英文單字，似無意要知道答案。

　　路上極為清冷，清靜冷列的台北早晨，我慢慢地甦醒過來，甦醒到突然人生將要半百的驚愕中。

　　看著女兒狀似愉快地進入士林捷運站，她們正在排練一齣話劇，有事沒事就提一下劇情，一面咯咯笑個不停。她十分喜愛她的學校。女兒真幸福，我似乎從未認同過一個學校，學校也從未認同過我，我離很多老師要求的一致性太遠，不與流俗同的人永遠在邊緣。

　　車子原路回轉途中，腦子也完全倒帶了。從什麼時候開始？我與母親一樣，天天都要早起，張羅女兒出門，然後換成兒子。這樣的日子前前後後要二十年吧？

　　我遺忘了那個小火車站。

　　去年夏天，八八水災前，到屏東三地門、霧台的部落做採錄，火車經過九曲堂車站，告訴兒子，這兒曾是外公外婆的家，中學時我每天在月台上等火車。兒子忙著看漫畫書，外婆病逝時他未出生，外公往生時他正學爬，人世的交集根本等於零，火車站叫什麼，似無意義。習慣搭高鐵的兒子無從去想像，我們每天看著台糖小火車載滿甘蔗，上下學時有時與一大群豬隻同一車廂，站著背英文單字。

　　而我，這些日子以來，被遺忘的小火車站就常進到腦海中。

桃花紅李花白

讀高雄女中，搭了三年火車上學，每天一大早搭六點左右的普通車到高雄車站，再轉搭公車到愛河邊的學校。不知為什麼？母親都是一大早起來準備我的便當，從不在前一晚先將菜炒好，其實，她做的便當與前一晚的菜幾乎一樣。多年以後，我才領會，她以為沒有冰凍過比較新鮮。母親一生不曾使用過鬧鐘，她從不會睡過頭，也從不會錯過我要帶的便當。我未曾去想過她何時起床？也許，懸著心事從未讓她睡好，我不知道。反正，起床後，稀飯煮好了，高麗菜炒好了，荷包蛋煎好了。母親掌廚，我們的早餐未曾出現過稀飯以外的主食，沒有燒餅沒有油條，更不會是饅頭、包子、土司。母親的早餐，一生都是，地瓜稀飯。

　　離開九曲堂的三十年後，偶爾在星期日的早晨，有一個奢侈的悠閒時光，在兩個小孩一口也不願品嚐的情形下，我會為自己熬煮一鍋地瓜稀飯，一面看著鮮豔的金黃在冒泡的白色黏稠米漿中翻滾，忍不住就想到母親與廚房的種種。

　　九曲堂火車站的站長是同學的父親，她們一家住鐵路局宿舍，她母親是個能幹的女人，家裡整理得很整齊，她的便當看起來都很可口。而我的母親就千篇一律的荷包蛋、炒高麗菜或滷豆乾，她會燒的菜很有限，洋蔥炒蛋、胡蘿蔔絲炒馬鈴薯絲、炒四季豆，母親除了鹽與醬油不用其他佐料，除了煮魚煎魚用薑從不用蔥薑蒜，更遑論胡椒或父親酷愛的香椿芽。不識字的母親很難自己出門，搭火車是比較保險的工具，從這個小火車站到另一個小火車站。

　　出生後一直住澎湖離島的母親，年過四十第一次離開澎湖，她心不甘情不願地跟隨父親到陌生的台灣本島。到新地方一年，

大妹生了重病,三天兩頭要搭火車去醫院。母親一直以為大妹的死是因為住的地方路沖,不祥。母親一直是外來者,鄰居對母親的稱呼永遠是那個「澎湖人」。而我,只憧憬遠行,希望去任何一個天涯海角。

去英國北方的英佛倫斯,去日本東北的淺蟲溫泉,在那些異國的小火車站,打電話給母親,覺得自己像似代替不願出門的她領會人間。從福岡搭新幹線,一路到函館,打電話,在旅邸中,聽她對婚姻的怨懟,我痛哭著。

讀大學負笈北上時,她每次就讓我帶一大包她炒的麵茶,兩人總要在小月台上僵持許久,帶或不帶?東西夠吃的理由說服不了她,她怕我在宿舍餓著了,一個學期才回高雄一次哪!火車來了,我興高采烈地拉一大箱書進了車廂。每次,都要揣想母親目送我不再回頭的神情,隔著窗,她一面揮手一面拭淚。

有一次,一個朋友遠道來訪,在家中過了一夜,第二天去高屏溪邊散步,他去看我的中學校園,看住火車站宿舍的同學家,我們走在年少時每天走的鐵軌上,春陽送暖,只覺得田園靜好的生生世世之感。我與朋友回台北,母親唯一的一次,不再到小火車站送行,她喜歡我的朋友,相信他會照顧我。

後來,我很少很少再有機會到那個小火車站,母親一直一直病著,斷斷續續進出台北醫院,情況稍好則回到澎湖。

母親父親相繼離開,小火車站的記憶似被連根拔除,其實不然,在我往返捷運車站,目送女兒離去的背影時就會喚起。

桃花紅李花白

合肥車站

　　在合肥火車站見面，吃一餐飯，那樣時空遙隔後的初見，似就是為了一餐飯。

　　匆匆忙忙地，記不得那個飯店的名字，或許是根本無暇去顧及。來不及顧及的，還有幾個姓名，大媽的、大嫂的姓名都不知曉，只知道幾個小孩一一報名，鹿慧，鹿旭，王小鹿。

　　六十年前，可能是陰雨的春天早晨，可能是炎熱的夏天傍晚，剛滿二十歲的父親吃過一碗很辣很辣的安徽麵條後，經過合肥車站，再到南京再到杭州再到上海，到了台灣。2009年夏天，也是在合肥車站，從未謀面的有血緣的幾個人，相約在車站前的麥當勞速食店門口，第一次知道同父異母的兄長原來在1947年就出生了，過了耳順之年有些駝背的他，仔細在盤算自己與妹妹差幾歲。

　　安徽老家一直說奶奶還在，父親回家探親，大娘比當年的奶奶年紀更老了，而奶奶是一堆很久很久以前的小墳了。父親見到已經過了不惑的兒子，天涯成咫尺，父子在手足無措下相處不到兩天，好像就談不下去了，時空距離太大，一時不知如何說起，

嗔癡怨太深，千言萬語也說不盡。原來，相見相處才知咫尺正是天涯。

1989年開始，走遍了大半個中國，陝西、山西、雲南、四川、廣東、廣西、江蘇、浙江、河南、山東、北京、上海，經過二十年，終於進了安徽的省域。蘇州在春天的晨曦中醒來，十全街上的梧桐樹凍掛著一溜水珠，春寒料峭的蘇州桃花開著，攝氏八度或九度的低溫在台灣是寒流來的表徵。回頭看了一眼下榻的東吳飯店，是當年公瑾的東吳，而你如今要到潁水之濱，有人叫潁濱遺老，叫東坡的人在那遺落了青春。

一路默念熟悉的站名，無錫、常州、鎮江、南京、全椒，於是，合肥車站到了。你是代替父親回鄉嗎？

學校的同事在合肥西郊的小團山經營個安身立命的香草農莊，你到那個小團山的世外桃源，雨濛濛下著，大片落地窗外是紫玉蘭花，遠處全是黃澄澄的油菜花，更遠的遠方長長一列火車消失在黃澄澄的油菜花田後，將春天的花田帶往武漢去。這就是安徽的土地了，父親的淮河，父親戲水的童年，父親喜歡的油菜花。

你斷斷續續地，漫不經心地打著電話，一次次慶幸著，無人應答。突然害怕另一頭自己不熟悉的鄉音。父親生前，老是埋怨自己聽不懂兒子的安徽話，是時間太久或空間太遠，讓彼此再無交集的可能。

在有濃濃歐風的香草農莊，喝薰衣草茶，想著金門高粱、台灣炒米粉在這個劉銘傳曾經練兵的地方出現，而劉銘傳不在家，他去了台灣，台灣出現銘傳小學，也出現銘傳大學。旁邊的劉銘

傳故居只剩下幾棵烏桕樹與玉蘭樹，有一棵樹相傳是慈禧太后賞賜的，樹又抽了新芽。

電話通了。大哥說人都到了合肥就回家裡來吧！在電話中爭執許久，阻止他們開車來接，大哥在另頭忙不迭嘮叨，四個鐘頭就到了，很近的，很方便。是的，四個鐘頭是台北到高雄，像是你每次的返家。

1979年夏天，在一個叫九曲堂的小車站，父親送你負笈台北讀大學。鹿家第一個上大學的人，父親說。每隔幾個月，學校放寒暑假，父親說回家吧，包餃子給你吃。你一向對餃子素無好感，對父親酷愛的葱薑避之唯恐不及。而父親的獎賞就是包餃子吃。

在合肥車站前，叫鹿剛的男孩走來，帶著靦腆，毫無遲疑地大聲喚「姑姑」，你們似乎馬上就辨識出彼此，緣由都有如父親一般的眉眼，接著，大哥來了，一群小孩來了，而後一個長得與父親頗相像的女孩背著大娘來了。印象中的男孩女孩在父親返家時拉扯著不讓爺爺走，現在已經為人父母，各自拉扯著小孩。

女孩叫春梅、叫莉莉，爺爺不滿意她們的名字。父親一生，行事不與流俗同。小男孩走近自我介紹，叫王小鹿，春梅說爺爺取的。不能逼人姓鹿，只好硬給人取名小鹿，你看著車站前的人潮，心裏想著父親。合肥車站前首次晤面的黝黑小男孩，喚起對父親霸氣的印象，一生陷在不得意的情緒裡，沒有安全感，找不到舞台。

在合肥車站見到了鹿家所有的人，包括鹿家的女婿。而大部分的人與你用同一個姓氏，甚至有雷同的長相，叫鹿慧、鹿旭。

一大家子的人，也許你以前就見過他們，那個叫鹿慧的小女孩，六歲，你小時就長那個樣子吧？圓圓的一個包子臉，可愛極了，你想起自己小時的綽號，被叫麵包。而鹿旭讓你震驚，曾經，你可能會有另一個兒子；當肚腹漸漸隆起，你要取一個名號，旭兒。鉅大的傷痛過後，你告訴兩個準備當姊姊哥哥的曙兒、曄兒，也許緣分不夠，到別人家了。七八年了，你看到與你神似的旭兒，親熱地喚你摟你。原來，有個旭兒在鹿家，他五歲了。

　　報上說，安徽許多名菜都有故事，劉銘傳酥鮑、周公瑾魚頭、曹操錦囊雞、華陀長壽湯、劉伶酒肉香、胡開文墨糕、李鴻章大雜燴、劉安點豆腐、胡適一品鍋、紅頂問政筍、包公酥鯽魚等。你點的菜沒有故事，是一頁難以言說的家族史，是一齣難以言說的時代劇。

　　一餐飯吃了好久好久，像是地老天荒，橫跨六十年，從此岸到彼岸，渡河渡江渡海。桌上放眼是紅豔的湯汁，辣椒，辣椒，還是辣椒，父親的餐桌都是辣椒，炒的爆的或是生鮮的，他拿在手上，啃著。回到父親的皖北，吃了一餐辣椒全席，辣得一臉，全是紅淚。父親，離開好久好久了，大娘，一句話也無。臨走，她揪著不停問，怎不回家裏去？解釋著，她聽不到。快九十了，耳朵完全不管用，你想像不出，父親離開，她二十幾，懷著孩子。掙脫大娘的揪扯，像逃難似地，又擠進合肥車站。站在月台，看了一下春日的略帶暖意的夕陽餘暉中一張張臉，只覺得，地方熟悉得很，也許，以前來過了。

桃花紅李花白

關於夏日關於父親的種種

三月一開始，也許春天結束了，夏日上場，未冷的冬季後，天氣很快溫暖起來。才前些日子的事，研究室外的那棵櫻花樹，在整排樹都葉落枝枯後，有一片葉子始終不願凋落，兀自青綠，在偶爾吹過的寒風中猶是顧盼款擺。季節更迭，只是在不經意間。一場大雨過後，就像此刻，凝坐窗前，感覺夏日要來的氣味與聲音，甚至顏色。

眼前的新綠嫩綠似已成了深綠一片，門前的山櫻花開過，舖天蓋地的花瓣落盡，有些小漿果被綠繡眼或五色鳥什麼的啄了，像似小小的熟透的迷你櫻桃。

靜極了的夏日午後，松鼠在窗外的四樓高的大樹上啃咬堅果，我們隔著一長排的觀景玻璃窗對望，他一定注意到書桌上有周志文的《記憶之塔》，我感覺他啃咬之餘不時地凝望，除了一棵樹，樹上的堅果，松鼠會對書本好奇嗎？或對不是松鼠的人好奇？他有記憶嗎？或者，只記憶堅果。書桌與一棵樹無關，其實是將近五米長半米寬的石板窗枱，我用來看書寫稿喝咖啡，或冥想回憶，夏日來時，我想起父親的種種。

余光中的詩，當夏日死時，所有的蓮都殉情。父親領我進入文學的門。

從幼年起，與父親一直是在衝突或冷戰中相處。也許，直到父親大去，父女的關係才得到和解。人生原是荒謬可笑，死神讓我們的記憶變得美好。

童年時的海邊，記得的是夏日時的戲水，父親是水中蛟龍，他說他很小就在淮河中游來游去，他說他的安徽阜陽老家前的河，說他經過蚌埠。多年以後，去大陸當交換教授，遇見蚌埠來的教授如見親人。父親怕我溺水，當島上所有小孩都能潛水時，我猶不諳水性，只能趴在父親身上，父女一起漂浮。於今想來，一生漂泊寂寞的父親，是否對我那樣的依賴甘之如飴？此後，我離家，越來越遠，再不像他的女兒。

三十歲前的夢境，泰半是父親與母親爭吵或怒吼或痛哭的場景，在連番的磨難中，記憶所剩有限。記得什麼？記得的是夏日的甜膩，在一個炎熱的晚上，父親帶回一盒糖漬的木瓜片，是特地給我的，那是童年的自己第一次看到木瓜，黃澄澄的，美極了，比習見的香蕉好吃，比習見的番茄香甜。記憶中一直有那盒糖漬木瓜，後來，始終癡心地以為，木瓜再也沒有那種味道了。

讀中學時，我們搬到高屏溪旁的九曲堂，家裏開始三天兩頭有龍眼荔枝，原先在澎湖時見不到的奢侈水果，我們極捨不得地剝開龍眼殼，舔著果肉，還留下大大的龍眼籽籽，在每一顆籽上穿洞，串成一串，戴在胸前，視為珍寶。情況改觀了，龍眼就長在路旁，夏日來臨前，會感覺龍眼的甜味要溢出來，蜜蜂到處飛著。當小學教師的父親，偶爾就說，某某家裏種龍眼，某某家裏種鳳

梨。有時父親會帶回一大袋的龍眼，是學生家長送的或他買的。我坐在客廳，風扇呼呼地吹，不知不覺間，吃掉了兩斤龍眼。

其實，我中學時最愛的水果是鳳梨，一直到現在都是，到菜市場會買鳳梨，去雲南也買鳳梨，去日本也買鳳梨，百吃不厭。

靜慧與我同班，她家種鳳梨，住在什麼水底寮的地方。台灣南部叫水底寮的地方很多，好像都種水果。靜慧知道我愛吃鳳梨，夏天，長長的暑假，她常常騎很長一段路，送兩顆鳳梨給我，有時鳳梨太大，自行車前籃子放不下，她就放一顆。水底寮到九曲堂要經過一個很大的軍營，阿兵哥會站在圍牆邊對經過的小女孩說幾句瘋話，靜慧說她騎車騎很快，而那一段路有個大斜坡，要很用力很用力。她每一次到我們家時都滿臉通紅，一身是汗。

三十幾年了，記憶中仍是靜慧安安靜靜地坐在我們家客廳的樣子，我們很少交談，因為我忙著吃鳳梨，一次吃掉一個大鳳梨，而靜慧一口都不吃，她只是笑著，看我開心地品嚐。我吃了鳳梨，靜慧滿意地再騎自行車回去。過幾天，她再來一次，也是送鳳梨。往後，每次一看到鳳梨總要想起，靜慧，不知過得可好？

在南部鄉下的父親，在夏日來時，他愛買西瓜，冰鎮過大口大口吃著，一面不忘記提醒我們，安徽老家的西瓜比較好吃。安徽老家的西瓜不見得比較好吃，只是記憶中的事情一向變得美好，而記憶何其脆弱。

所有初識的人總要問，姓名緣由？我是否問過父親？父親是否詳細告訴過我？或者，名字並無緣由，只是父親的靈光一閃？父親大去後，頓覺所有人事的因果都順理成章。父親年輕時偶爾

也在報上發表一點文章，我整理他的遺物，竟連蛛絲馬跡也無，收留的是我十幾歲時發表的東西，還標著日期。我在那些強說愁的文字裏拼湊，原來我是父親的翻版，從裏到外的相像，一生不與流俗同，個性不妥協，身段不柔軟。我的憶鹿，可是記憶父親？

　　自幼就討厭辛辣，長大後才知我是以食物來向父親抗爭。中年以後，我開始喜歡那一點辛辣，喜歡關於父親酷嗜的食物，原來，童年時熟悉記憶的事永遠遺忘不了。

回味

　　春節前，朋友去迪化街買年貨。在台北住了三十幾年，從未去迪化街感受過年節氣氛，剛開始聽到那個街名，以為賣的可能是新疆來的水果如哈蜜瓜或葡萄什麼的。當然迪化的地理名詞成了歷史，現在是烏魯木齊，而烏魯木齊的台灣念法有一種嘲諷意思，我倒覺得街名如果叫烏魯木齊，很有一種說不出的浪漫味道。的確，烏魯木齊的維吾爾語好像是美麗牧場的意思。

　　朋友說我想太遠了，去迪化街就是買年貨。春節時去迪化街可以買香菇、松子、烏魚子、干貝，也可以買棉襪、旗袍或布料什麼的，朋友堅持去迪化街才能體會過春節的氣氛，也才能買到正宗的傳統的零嘴點心。

　　當晚，家裏的茶几上就攤了好多的寸棗、冬瓜糖、糕仔粒、蔴姥、米姥，還有裹著砂糖的或紅或白的花生粒，看了一下包裝，原來小時候愛吃的這一味名為「油皮生仁」。三四個小孩嘰嘰喳喳，吃個不亦樂乎。

　　看了掉一地的渣渣屑屑，雜著幾點有色素的粉紅，問小孩，好吃嗎？門牙蛀得很厲害的小孩啃寸棗啃得咯崩咯崩響，很慎重

地回答，阿姨買的白色巧克力比較好吃。讀中學的女兒似很捧場，蘇姥很特別，還不錯。

朋友很不滿意，味道不對，她決定再去衡陽路一趟，有一間老店，那裏賣的寸棗、冬瓜糖比較道地，是老店，迪化街的當然不能比，朋友篤定地說著。

家裏的所謂傳統的零嘴點心又來了一批，中間還外加敝人在下我也不死心地推波助瀾，到百貨公司搜尋百年老店的所謂NO.1伴手禮，其中不乏號稱光緒年間就已開設的。

一定是油炸的寸棗實在吃太多了，朋友滿腦胡思亂想，光緒皇帝有愛妃就叫珍妃不是，否則，為什麼所有的糕餅老店都取名珍什麼或什麼珍？是了，珍品珍饈珍饌珍味，好吃的糕餅店就是要叫什麼珍齋。朋友說了很多遍，她新竹老家城隍廟旁賣的桂花糕好吃極了，她後來買的味道都不對。

我慎重地反駁朋友，小時候在澎湖吃的寸棗、蘇姥比這個好吃多了。澎湖天后宮旁的老店可能是道光年間的糕餅店？道光年間的糕餅當然比光緒年間的更有歷史，更傳統，現在，再也沒有那麼好吃的寸棗了。小孩在一旁吐槽，當然了，道光年間的餅模連霉味指數都比較高。

中年的女人一懷舊簡直就失了理智，買的傳統點心可多了，蓮子核桃糕、綠茶核桃糕，嚐一下口味有何區別？還有滋潤糕、灣糕，等等，這是什麼碗糕？從沒聽過。看了一下成分，全部都包含蓬萊米、糯米、砂糖、麥芽糖、百香梅、綠豆粉、丙酸鈣，食用防腐劑千分之二點五以下，只是形狀略異，一個長方型，一

個像扇型。像做考證學，看一下桂花糕的成分，不得了，竟然一樣，只多了一點鹽而已。

人生，開始對食物計較挑剔起來，開始錙銖必較，原來，寸棗太油太甜。只要聽到什麼黑鮪魚、鮑魚、牛小排等名詞，就想丟筷棄碗，是到了粗菜淡飯才是王道的年紀了。

原來，所有的味道都已不復存在，所有的味道都只存在於記憶中，只能，回味。

去故宮的圖書文獻處看一份元代的資料，看的是微片，轉著看著，三身國，三首國，無腹國，頭暈，想吐。

元代建安椿莊書院刊本，書名長得很，一直記不起來，新編纂圖增類群書類要事林廣記，來源：清宮舊藏，現在是故宮博物院的海內外孤本。

看書不能飽人，即使是元代的善本書也不能滿足口腹，何況，頭還暈著。

想吐，卻意識到早上並未進食，餓得很。

走到春日開始的豔陽下，經過幾枝櫻花，好想喝哈蜜瓜汁。二十年前某一個夏天的午後，在異國的巷弄，發燒病著，每日午睡醒來，就想喝哈蜜瓜汁。

不會有哈蜜瓜汁了，那樣的果汁的蜜甜是伴隨著青春的記憶的。網路上說的，有了婚姻就再不會有愛情，中年以後，再無只合適年輕味蕾的蜜甜。只好去吃一碗傳統台南擔仔麵，像童年的挫折後，要求母親的撫慰一般。

吃完，有些沮喪，不是曾經熟悉的味道。

想吃的其實是，三十幾年前在高雄鄉下的擔仔麵，在中學的校門口，一家簡簡單單的小店，兩張竹桌子，五六張竹椅子，桌上一罐有點髒污的醬油或辣椒醬。偶爾有點零錢存下來，瞞著家人偷偷與家境富裕的同學去吃一碗擔仔麵，上面有點油得發亮的肉燥和幾根豆芽韭菜，吃完，有奢侈的滿足。

　　人生，所有的味道都已不復存在。

桃花紅李花白

童話的結局

　　這幾年日子一直很忙很忙，早沒了閒暇去看什麼電影，那一晚，做完了一些事，打開電視剛好放映一部影片，無非就是武俠加雜愛情的一部通俗影片，兩個男人同時為一個女人動心，演著演著，劇情還算緊湊精采，不知怎麼，很快到尾聲就結束了。身為觀眾，好像看到那個編劇或導演，將一場武俠情愛劇編演到愛極癡極恨極的境地，手足無措地，不知如何收拾，就草草交代了事。

　　看到那個影片的結局，突然心中震了一下，人生的結局，也都很難吧！我們每個人都不能避免地，很難有一個漂亮的下台身影。我想起母親艱辛窮困的一生，想起父親顛沛流離的一生，而莫名其妙的，人生就到盡頭了。

　　不久前，與一個朋友敘舊。單身的朋友在車子裡一直斷斷續續說她的心情，中年以後，人生不會再有什麼改變了，也就是說，這一生就是這樣了，不會更有錢，不想有什麼職位，不太可能有感情、婚姻生活，當然也不可能有一個與自己長得很像的子女。朋友繼續說，人生就是這樣了，花了三十年讀書、讀學位，謀一個自己不知是否喜歡的工作，每個月初領固定薪水。朋友

說，生活要如何改變呢？沒有能力去過另一種生活，不會一個人去非洲或西伯利亞，甚至也不會一個人去看電影，也很怕一個人吃晚餐。朋友可能忘了，她曾說過她單身是不能忍受婚姻的粗糙面。

手機響了，打斷朋友的唷嘆，女兒打來的，問她可不可以不上鋼琴課，她要去2009國際書展的動漫館，進動漫館排隊要好幾個鐘頭。女兒喜歡漫畫，喜歡所有媽媽不清楚的事物。窗外是一地深秋的三角楓落葉，秋天，是令人感覺寂寞的季節。女兒開始在寫一些我讀不懂的小說，她似乎也從不想讓我讀。也許，我現在了解母親的心情了，她從沒有機會進入我們的世界。

朋友又接續了她瑣瑣碎碎的生活。我們不太敢去改變生活的方式，大一時就知道自己選錯科系了，可是不敢去跟世俗的價值觀抗爭，或者是太因循苟且了，覺得重新來過很麻煩。

曾經愛過的那個已婚男人也一樣，他的愛永遠不會強烈到讓他勇敢改變。他說離婚再結婚太可怕了，再生一次小孩，再搬一次家，再適應一次另一個家族的生活習慣。男人，其實更安於現狀，他怕累積的人脈關係付諸流水。

或者，我們實際上很害怕出人意表的結局。如果劉姥姥成了大觀園中的賈母，旁邊的人是不是也很難適應？或者，如果賈寶玉娶了林黛玉，那曹雪芹只好改行去寫童話。

人生能有什麼精采的結局，小說家卡爾維諾連在童話的背後，都要當頭棒喝地提醒讀者，沒有公主王子從此幸福快樂的世界。在國王和女孩舉行了盛大的結婚典禮以後，卡爾維諾潑了大家冷水：「他們過著奢侈、冷酷的生活，我卻躲在門後挨餓，我

回到客棧去吃飯。」在〈三個城堡〉中也有一場令人羨慕的婚禮，原本牧羊的新郎後來又當上了國王：「所有的人都心滿意足、高高興興，我卻一無所得，只是個局外人。」卡爾維諾一直心裏不平地說著，他們坐著變出來的那些馬車出發了，回到家後，舉行了盛大的宴會，他們的生活奢侈又冷酷，「卻將我留在門背後，從未有人給過我什麼。」

朋友哀傷地說起自己與喬治史坦納同年的父親，他在外面還有一個家，因為外面的女人幫他生了兒子。喬治史坦納在巴黎出生，他說自己童年的閱讀大致平均地落在法文、英文、德文上，他的成長經驗完全是三種語言並重，而背景也總是充滿多重語言。每天，喬治的美麗動人母親通常會以某個語言開頭，以另一種語言結尾。而每星期總有一天，一位個兒嬌小的蘇格蘭女士會來讀莎士比亞給他聽。可是，有誰能像喬治史坦納這麼幸福？在晚年還可以寫一本《勘誤表》來整理回顧自己一生思想的精華，並且反省生命中的錯誤與遺憾。

海德格說，思想偉大者必犯大錯，而思想渺小者，同樣會犯大錯。其實，我們不必太擔心，人微言輕如我者，很難犯什麼大錯的。

那一次車上的對談嘎然而止。朋友像發現新大陸一樣，發現我買了一個有瑕疵的竹器，竹盒很美，可以放許多筆，一點小瑕疵不能掩蓋雕工的細緻精美，而小販為此將價錢打了對折。我真喜歡這個竹盒，幾乎忘了那個瑕疵；或者我一直不在意生命中的小瑕疵。朋友突然語塞，囁嚅著，說自己不能忍受生命中的瑕疵，她說她不會買那個瑕疵品。

母親童年時就喪父，在十三、四歲時就整天挑魚賣魚，她要照顧失明的母親和五個弟弟，讓五個弟弟有機會進入學校認字。而母親與學校的近距離接觸是在兩個女兒的大學畢業典禮上。然後，老了，病了，她一生在意婚姻，臨終時，父親未曾去見最後一面。而父親呢！十幾歲就離開安徽，終其一生幽居小島，魂牽夢繫他的淮河，回鄉時只與盼他五十年的髮妻相處一天，就毫不在意地又離開了。那個我不曾謀面的大娘、大哥，他們的人生不是童話的開始，也不會是童話的結尾。我很難去苛責父親辜負兩個女人，他一生都過得不愉快，中年以後，他連睡得好似乎都極奢侈。

　　我比父母親過得富有，因為我可以時時刻刻意識到自己是幸福的，在課堂上與學生討論吳爾芙，在秋日午後看黃葉飛揚，在晨曦中喚醒女兒上學，在空檔的瞬間啜飲一杯咖啡。

　　我們真的很難在意一個竹盒上的小瑕疵。我笑笑地告訴朋友。

桃花紅李花白

一個陌生人的24小時

　　早上出門時，那輛車就停在鄰居的車位上，鄰居的是白色休旅車。

　　分明是外面來的人，引擎開著，發出輕微的轟隆聲，可能是開著冷氣空調在睡覺呢！在一棵已長成兩百公分左右的三角楓旁停車，享受微熹後慢慢發亮的早晨時光，也許駕駛旁還有一個年輕貌美的女子，一起領嚐這分意外的浪漫。門口的山路上，三天兩頭就會出現狀似幽會的不明車輛，走近一些，總會看到不透明的窗玻璃裡面隱隱約約的人影。

　　黃昏以後回家，陌生人的車子仍在樹旁。或者，是來探看朋友？

　　要入睡前，我走到窗前。一大排櫻花樹，鋸掉一大半了。三四樓高的樹開過花後，原本枝葉婆娑，綠意盎然，好像才是幾天的工夫，竟是病得一塌糊塗，樹身斑斑點點，而且葉敗枝殘，像得了絕症似的。懂樹的朋友說，樹可能得一種病，也許是從樹根傳染，如果不處理，旁邊的所有植物可能都不能倖免。本以為幾十年的樹了，可能會活很久很久，卻說枯就枯，植物與人的生命，原來都極度脆弱。

警車、救護車的刺耳聲突然在門外鋪天蓋地響起來，好像就在眼前，啊！可能又是哪一個老弱的鄰居要去急診？

　　家人從外頭回來，說是路旁有輛黃色計程車，有人要在車內燒炭自殺。

　　鄰居說那輛車停了一天一夜了，前一天晚上就在那兒，以為他停一會就要走的，也不好去催促他，停在別人的車位上。鄰居說，不敢去趕他走，怕萬一惹了兇神惡煞就糟了。太久了，發現不對，車子的引擎一直發動著，人，始終不見出來。走近去看，看到駕駛座的人頭上套一個塑膠袋，車內還燒著木炭。那個人要尋短。

　　警車來了，救護車來了，人，有些虛弱，意識還算清楚。木炭剛點燃不久，鄰居就報警了。

　　晚上，一直不能入睡，想著一個陌生人的二十四小時。他坐在車內，活不下去了，可能一直想著自殺的問題。他有財務糾紛？他有婚姻感情困擾？想了又想，找不到活下去的理由，拿了一個塑膠袋套在頭上，將車內的木炭點燃。想活下去的念頭一定還很強烈，否則不會考慮那麼久。想要活下去的念頭中一定有對生命的不甘心。

　　那個男人的二十四小時在做什麼？打電話？寫遺書？回憶往事？對生命已不再留戀，是無人可愛，抑或無人愛他？當人生已遺棄他，或他遺棄了人生，那麼就是到谷底了，谷底的意思就是他的每一步都是往上。人生一向貧窮慣了，再也沒有可以失去的東西，所以，毫無畏懼。我在心裡一直叨念著。

桃花紅李花白

一個陌生人的二十四小時，他在想什麼？連幾天，我覺得痛楚，覺得生命有困境的難堪，覺得自己從別人的陷落中獲救，覺得自己有一種從泥淖中努力往上掙扎的力量。

隔天報上一則小新聞，寫的也是一個男人要尋短，一個有點職位的年過六十男人，什麼主任之類的。已婚的主任與女助理有曖昧情愫，他為女助理偽造文書、盜用公款，聲名狼藉，而女助理念了學位後另交男友。女的要走，男人不依，弄到焦慮憂鬱。男人開車到郊外，要燒炭，希望小女友一輩子良心不安。

人的自虐與自戕中含著對世界的怨恨與報復。

有誰能想到呢？年過六十的男人了，如果不是有個職位可堪炫耀、可堪利用，年輕的女子如何看上眼？有些人一定要有個位置，沒有位置，他就什麼都不是了。

張愛玲與跳蚤

　　張愛玲說：生命是一襲華美的袍，上面爬滿了蚤子。我每次想到跳蚤，就會想到了張愛玲。

　　當然，蚤子不會只在華美的袍子上，幾乎無所不在。張愛玲的這段話可解讀成她在年紀輕輕就對生命的荒涼體會甚深，而從字面上粗淺的觀察，似乎也知道這位早慧的女作家有深刻被跳蚤咬的慘痛經驗。

　　早慧的張愛玲可能常被跳蚤咬，因為華美的袍子上爬滿了蚤子，也因為她是女作家。以前的文獻說跳蚤喜愛女性，女性比男性容易受到跳蚤青睞，因為女性的皮膚比較細膩。《科學美國人》這本月刊曾指出叫羅絲柴爾德的昆蟲學家針對跳蚤發表過五十萬字的論文。有趣的是，對研究跳蚤有興趣的這位學者也是個女性，這不禁令人好奇，也許她也是常被跳蚤叮咬，才投注心力在跳蚤的研究上吧？回到重點上，學者認為，跳蚤喜歡咬女性，恐怕不只因為女性皮膚較細膩，與女性血液中的激素可能也有關係。

　　女作家對生命的喟嘆想到跳蚤，女學者以跳蚤為一生的研究志業，這個令人聞之色變，恨得牙癢癢的小昆蟲真是何其有幸？

書上的記載，跳蚤身長只有一至兩公釐，跳躍的高度竟然可以達到自己身長的百倍，有如一百六十公分的人可以跳到一百六十公尺高度。研究人員指出，跳蚤的跳躍能力來自於他的後肢和軀體的連接部分有一種節肢彈性蛋白，使得彈性極佳。據估計，有一種印度鼴鼠身上的跳蚤能夠每小時跳六百下，並且連續跳七十二小時。

　　為什麼要不厭其煩地找尋有關跳蚤的書？當然，是要痛訴被跳蚤侵擾的恐怖記憶。

　　其實，據說張愛玲原本是寫錯字，她要寫的是華美的袍子上爬滿了蝨子。不管蚤子、蝨子，女作家大概都是聞之色變的，尤其是那樣對人生有潔癖的女作家。

　　生命不曾如一襲華美的袍，日子先被跳蚤、蝨子充滿了。

　　在六〇、七〇年代的台灣鄉下，可能很多綁馬尾的小女孩都為頭蝨所苦，母親每晚上在每個人的頭髮上噴一點殺蟲劑，用布包起來，蝨子在頭上做垂死掙扎，每次都癢得要命。那個恐怖的記憶成為童年的一部份，現在，頭髮上有蝨子的情況少了。跳蚤卻並未絕跡。

　　童年時並不識跳蚤，同樣是小蟲，對跳蚤的常識緣自於讀研究所時與孫師母同住，她養貓，有一次貓流浪在外多日未返家，從此身上總有跳蚤，而跳蚤誰也不咬，只咬我。是的，跳蚤只咬我這個小女人，不咬別人。已經高齡八十的孫師母每天都很關切地問：真的有跳蚤嗎？好像我太過敏，或患了焦慮症。

　　在那個每天都桎梏在論文瓶頸的痛苦日子中，跳蚤動不動就來騷擾。騷字用得真好，隨時都在癢，不知道跳蚤是不是也會藏

桃花紅李花白

身在馬身上？應該也是。貓、狗、兔子、鼠類，凡是有毛的可能都是跳蚤的棲身良所。日子不是小鹿亂撞，是每天氣得血脈賁張，兩隻腳丫、小腿被跳蚤咬得幾無完膚，好不容易抓撓幾天過去，又來幾點新的，在黑夜中提醒我，不要沈睡，趕快寫論文。

無辜的貓其實也為跳蚤所苦，牠每天在我們面前抖身上的毛，逼得我只好將牠拎到門口的大太陽底下去，為牠清除跳蚤。門口的一棵桃樹，枝葉婆娑，貓咪舒服地滾過來滾過去，我將跳蚤一隻隻逼到滾燙的水泥地上，用指甲擠壓成一小灘黑點。爾後，有國外寄來的防蚤貓項圈。我不能見人的雙腿再重現天日，慢慢恢復如初。

跳蚤的故事當然還有續集。

為了博士論文去雲南蒐集傣族資料的過程，住過一間間旅途上匆匆一晤的簡陋旅社，記得很清楚，一晚的房價剛好可以買一罐可樂。房間無所謂可不可以睡，我在床板上坐的當兒已被跳蚤大舉進攻，飽餐一頓。說來有些弔詭，二十年前的田野調查，跳蚤倒成了主角，不太記得去採錄訪談的內容，只記得每次回台北，雙腿總要再癢個十天半月才算大功告成。

在那樣為了博士論文深入少數民族村寨的記憶中，同行的男教授想必沒被跳蚤叮咬。我不好嚷嚷，怕被人批評太嬌貴，也怕被人說女人不能出來做田野調查，只適合在家洗衣燒飯。從來不曾想過，原來跳蚤比較喜歡女人。難怪，跳蚤只咬我，同行七八人，幾乎全是彪形大漢，在下小女子巾幗唯羨鬚眉。

前些日子，三天兩頭又出現跳蚤肆虐的痕跡，似有若無的一兩個紅點，癢了抓，抓了更癢，發揮追根究柢的精神，確定樓下

的貓狗是罪魁禍首，在拜訪鄰居的當兒似乎跳蚤也跟著我們回到家。客廳就出現一隻兩隻彈跳的黑影，壓擠過，拿來放大鏡欣賞一下，後肢很長，的確是彈跳高手。

學生貢獻了一小瓶沐浴乳，說是寵物店給貓狗洗澡用的，可以預防跳蚤叮咬，每天洗澡前，我也用貓狗的沐浴乳洗了雙足，啊，人犬共用，貓人合一。很好用，跳蚤再也未曾近過身。

張愛玲的華袍上爬滿了蚤，生命的陰影可能很難清除，即使是冰雪聰明的女作家也不能倖免。讀者一定印象深刻，晚年獨居美國的張愛玲一直為蟲子所苦，她覺得屋內始終有異國的奇怪的難纏的蟲，可能是來自中南美。如果張愛玲讀《百年孤寂》，說不定她會認定蟲子是從馬奎斯的家鄉來的。

難堪的不是蝨不是蚤不是蟲，難堪的是生命的荒涼，張愛玲一定懂得。

桃花紅李花白

九州三月

　　總統千金為了駙馬爺被判刑，正在電視鏡頭上怒罵公公，要涉及台開股票內線的公公去自殺算了。媒體帶著幸災樂禍的口氣，說公主發飆，標題是驚世媳婦，第一家庭的形象一夕間完全崩潰瓦解。我在幸好小姐的開罵聲中離開台北，到了日本九州的福岡。

　　神話中說，禹治水後天下始有九州，九州不在中國，在日本。人生許多事似冥冥中注定，讀大學時寫的一篇小說，虛構的主角就是讀九州大學的，那時心情還在八年中日戰爭的民族情緒裡，日本一次也未來過，九州大學這個詞像似從夢境中出現的。

　　讀博士班時，斷斷續續地，生命中一些說不清的情愫，每年總要來日本一兩次，驚鴻一瞥，都如過眼煙雲似的。

　　因為學術交流的關係，我又來到日本，要在九州待上三個月。在東吳大學任教的十五年歲月裡，未曾進入過所謂教員宿舍。因緣際會中，家人與我搬進日本的西南學院大學宿舍，七月一日，兒子的誕生日，我們正午抵達福岡國際機場，他在異國聽了兩次生日快樂歌，日本的朋友在中午和晚上各買了一個蛋糕。

日本的生活在大門寫著自己姓名的奇怪氛圍中拉開序幕。

　　我要鉅細靡遺地敘述這間處處給我驚喜的自己的房子。

　　出發來學術交流之前，朋友要我帶一個大同電鍋，因為臨行一直在趕稿，幸好什麼日用品都來不及準備。所以稱「幸好」，是因為這兒的大學宿舍什麼都幫我想到了。廚房有大電鍋、大烤箱、三孔瓦斯爐、冰箱、洗衣機，鍋碗瓢盆杓，筷子叉子湯匙，多到可以提供十幾人的宴會；衣帽間的各式衣架都有，掛衣服裙子長褲不同；洗衣粉、洗碗精、抹布、毛巾、浴巾、面紙，咖啡、紅茶、綠茶，宿舍全都準備到了。杯子有喝茶的喝咖啡的喝果汁的喝雞尾酒的。

　　我在日本的家裡有三個冷氣，烤箱太大，相形之下，我在台北的家有點貧民化。

　　日本怎麼事事認真，在他們接待交換教授的過程中完全顯露無遺。不只所有的名牌都有，研究室那棟樓的大廳牆上有我的名字，進研究室前我按一下燈，燈亮著，表示我在研究室工作。

　　第一天進研究室，發現桌上一個大盒子，所有的文具都有，膠水、釘書機、剪刀、膠帶、原子筆、鉛筆、便條紙等等，三個月中，學校提供兩萬多日幣的影印費。學校的國際交流處把附近的銀行、醫院、診所的地點全在地圖中標示出來，寫上地址，怕我的日語太差，連哪一家診所的牙醫來自台灣會講中國話都註明了。

　　從研究室回家後，我開始煮晚餐。廚房太完備太高級的缺點是，不做飯會有罪惡感。而接待的學校設想如此周到，我的日語想必也很難進步了。

桃花紅李花白

春雨楊枝

　　要到日本前，女兒提醒家人在日本餐館看到「唐芙蓉」這道菜時不能點，菜名美是不能吃的，會很失望。「唐芙蓉」就是我們說的豆腐乳而已。後來，我聽說講唐芙蓉似乎只是琉球地區的習慣，並非全日本都這樣說。我在琉球的記憶中，並未見過唐芙蓉的菜名，不過，由此倒是可以見到日本的確在日常生活吃的用的全是講究得很，講究如何用一個漂亮典雅的名字。

　　日本人使用的名詞，有些就像是唐詩中出來的，或像從煙花三月的江南滋生的。在超級市場，才發現日本仍稱牙籤為楊枝，而綠豆做成的粉絲則叫做春雨；春雨的浪漫早已超過粉絲吃在嘴裡的感覺，而楊枝的想像也讓人忘了剔牙這回事實際並非雅觀。

　　坐在日本福岡百道濱一丁目的客廳看電視新聞，看得很開心，來當交換研究員三個月，看事情都有一種局外人的輕鬆心情。不獲民心的安倍首相要下台了，他的民調支持率與陳水扁差不多。自民黨在全國大選中敗得一塌糊塗，才是兩天前的事，安倍信誓旦旦要改組內閣，甚至任命一向不留情面批評政府的無黨派人士當閣員，電視畫面上用了一個成語，「吳越同舟」，啊！我軍與敵人在同一船上。

說到此，不得不提杜正勝教授，他應該不會忘了自己曾是教授，研究中國古代史，可能學問還不錯。教授當上教育部長後，那麼討厭文言文，討厭成語，他難道不知道日本人喜歡成語嗎？

　　有個常感謝日本皇軍的所謂愛台灣人士，還自豪台灣是「全世界最親日的國家」，她可能很恨日本人不把漢字消滅掉，學中國話的人還越來越多。日本人是喜歡用中國成語的，喜歡用成語來附庸風雅，表示自己是知識階層，再無知的人也不會以當地痞流氓為榮，政客更不會動輒強調自己出身低賤。台灣有許多政客以自己出身卑微為樂。有時，似乎也不必強調，大家都心知肚明，有些人要冒充自己出自書香門第，連鬼都不會相信。

　　安倍突然要辭職，電視上，接受訪問的同黨人士在激動之餘不忘表現自己的文學造詣，哀泣「兵折矢盡」了；而反對黨則輕輕一句，安倍「敵前逃亡」，對首相不負責任的抨擊完全表露無遺。

　　日本人那樣注重完美，每個水果都要長得一樣大、每條黃瓜都要一樣直，陶杯、陶盤，擱在桌上，絕對是一件件藝術品。在岩田屋百貨公司的賣酒專櫃，欣賞酒名可以咀嚼再三，每一瓶酒都有一個詩意的酒名，「大吟釀交響曲」，不醉很難的，有的酒瓶上不是「兩人對酌」就是「月下獨酌」，甚至不厭其煩地「李白一斗詩百篇，長安市上酒家眠」。像台灣把政治人物的相片貼在酒瓶的，可能會引發有人要戒酒，因為反胃。

　　有春雨有楊枝，兩人對酌，就別管台灣地圖要橫著看豎著看了。我什麼都不認同，我有不認同的自由，只認同生活中的美學。

我不像一個仇日到失去理智的學術界同業，他在課堂上看見日籍研究生選課，可以批評日本人批評到學生痛哭。我沒那麼可笑，我寧願好好欣賞日本人無所不用其極地追求美麗的天性，看他們如何美到天涯海角。

去歐洲自助旅行時，偶爾會在鄉間民宿或火車上與日本女孩相遇，她們不會像我們穿著隨興率性，一定是任何時地都精心打扮過，眼影口紅腮紅，無一遺漏。我們都很佩服她們在自助旅行時可以那麼從容化妝，帶那麼多保養品化妝品不麻煩嗎？

我的日本朋友有一句名言，不化妝就出門與沒穿衣服出門一樣。這像廣告詞說的話，只有懶女人，沒有醜女人。啊！日本女人似乎是奉行要美麗到天涯海角的，可不是，學校的附近有個沙灘，日本女孩連要進海中泡水前都要補妝梳頭，甚至在頭上別一朵花。如果遇見一條魚，魚肯定都能分辨遊客的國籍，沒化妝的不是日本人。

從京都回福岡，一入新幹線火車車廂，鄰座的女孩就開始畫眼影，我睡了一覺醒來，車子到了廣島，女孩仍在畫眼影，畫了三百多公里的眼影，京都到廣島應該是台北到高雄的距離了。

要去湯布院時，鄰座的女孩則在捲眼睫毛、刷睫毛膏，火車開一個小時了，她仍拿著小鏡子瞧她又長又捲的睫毛，似乎不把睫毛捲成三百六十度不罷休。

有時，在地鐵車廂仔細端詳對面坐著的一排女人，總覺得她們都像是上流社會的名媛淑女。婦女坐時一定併著雙腿，包頭鞋一定穿絲襪。而日本女人也喜歡戴各種帽子，戴帽子可以掩飾凌

亂的頭髮，不上美容院也很整齊。與朋友在日本旅行時，她一直對日本女人的衣服很好奇，竟然毛衣、外套連個毛球也不會有？不像台灣，在街上看到的穿著，有許多衣服都皺巴巴的像霉乾菜。

日本人喜歡精緻，很難忍受粗糙。市場裡賣的小黃瓜要又直又長，稍微一點彎曲，價格就一落千丈，水果只要有一點小瑕疵就極為便宜。食物要先能賞心悅目，才能進一步談好不好吃。然而，我們畢竟要的是那一點缺陷，我們在黃昏後的市場買一小簍有點被壓擠到的水蜜桃，買五六顆有黑點的荒尾梨，一個人獨享一大個，放心地大快朵頤，吃得滿臉滿手黏膩膩。不必要像配給似的一人只分兩小片。啊！真是物超所值。水果是要品嚐的，不是用來欣賞。要欣賞的是，齊白石畫的荔枝或紅柿。

大部分人對日本的生魚片或壽司情有獨鍾，當然也對他們食器的精良美麗印象深刻。然而，有時免不了有食器美觀超過食物美味的感覺，如一小口生魚片壽司放在一個昂貴的小碟上可能是兩千日幣，不明就理的你與朋友聊天之餘，不知不覺吃了七八碟，以為還在前菜階段，更不用談什麼飽足感了，卻已經是荷包大失血。完全不記得吃過的食物，只記得碗盤碟真美，連放筷子的箸置都美不勝收。我們常說眼睛吃冰淇淋，日本人真是名副其實的用眼睛吃東西。

全世界沒有一個民族比日本人更愛包裝禮物了，送一塊小手帕可以包得有如送一顆鑽石，包裝紙比手帕還有質感；買一盒火車站的便當，便當盒讓人愛不釋手，連包便當盒的紙也可以留下

桃花紅李花白

來當紀念品，只是，我很努力仍未吃完那一小盒又是甜又是鹹的冷飯。

日本的女性朋友說，兒子讀中學，每天要從家裡帶午餐去學校，便當盒的菜要排得漂亮很重要，那是母親顯示手藝的表徵，如果，菜飯塞得亂七八糟，一掀開便當蓋，會被老師同學笑話的。

美麗到天涯海角，要有錢有閒才行。難怪日本女人大都選擇當家庭主婦，或者，被迫要當家庭主婦，才有時間將自己化妝得美麗優雅，把生活逐一精雕細琢。我難免要好奇，生活如此精緻，一點粗糙都沒有，會不會容易碎裂？

九州橫斷特急

人生到某一個年紀，全世界任何一個地方都是異鄉。或許，那是許多人醉心旅行的因素，哪裡都一樣，再也沒有所謂的故鄉，所謂的鄉愁。我喜歡離家旅行，因為盼望回家，知道有人等待。而全家都旅居在外更是奇異感受，我安心地走東走西，不必想著打電話寫信通音問。然而，生命的牽絆少了，卻是一種哀傷，從母親父親相繼離世後，我很久很久都無法適應，再也不能與他們報平安。

在日本去市場買菜也像旅行，每個東西都註明它的出生地，米是宮崎或北海道的，蝦是長崎的，洋蔥是唐津來的，魷魚要呼子市的最好。畢竟，每天在市場巡逡是不夠的，我們搭九州橫斷特急號的火車去晃蕩。

凌晨五點時起床煮了幾枚熊本的蛋，讓家人在火車上吃，突然想起父親。人生到某一個階段，所有的行為似乎都回到原生家庭的模式中。父親生前每一次出門旅行，必帶兩三個白煮蛋，他一天就吃光。

整棟大樓的人都還在睡夢中，我們就出發搭地鐵到博多火車站，去一個叫新八代的地方，轉車到人吉，為了走一趟人吉到吉

松的鐵路線，為了去看幾個早已停用的小火車站，為了去體會號稱日本第一的鐵路風景線。

旅遊書上說人吉有許多可觀可玩之處，人吉溫泉、武家藏屋與人吉便當。在火車上就不停看到猛暑的字眼，正在舉行甲子園比賽的兵庫縣超過三十八度，我們所住的福岡也將近三十八度，當然不能去泡溫泉。整個人吉街上，天氣熱得似乎所有的生物都被蒸發，只有我們一家四口還在街上瞎混，到別人的家屋草房，發現星期六不開放，好了，人吉只剩栗子便當有可說之處，火車站前的便當店與火車站差不多大，招牌甚至比車站站名更醒目。

買了兩個美不勝收的便當，仿漆器的盒子做成栗子狀與葫蘆形，十分討喜，符合日本人以眼睛吃東西的傳統。很遺憾，家人對日本的便當絲毫不動心，只覺得便當盒好看。

火車每經過早已無人上下車的驛站，總會留個幾分鐘讓遊客下車拍照、參觀，大畑、矢岳、真幸、嘉例川，全是空無一人的小車站，卻有往日繁華的痕跡。那個叫真幸的小車站月台上還可以撞鐘求幸福，日本人為那個據說全國唯一的幸福驛名做了一張幸福的小卡。啊，幸福無以為繼，「真幸」也要走入歷史。

我們搭火車穿越大半個日本九州地區，有個行動不便的中年男子，像是得過小兒麻痺症的，也一路拍照，我們在每個月台、車廂都與他相遇，最後，又在九州南端的鹿兒島中央車站重逢，回到博多站。

在鹿兒島中央車站，我找到曾經去過的一間拉麵店，吃了一碗著名的黑豚肉拉麵。那間麵店是昭和二十五年創業的。

橫越九州，卻記得以前的一間拉麵店，就像我一直記得福岡一家叫秋櫻的咖啡館，只去過一次，二十年前去的。我不記得吃過的東西，只記得同行的朋友微笑的臉龐。

郵購的生活

　　來日本學術交流，發現空閒時間似乎多起來，首先很少人會打電話來，住的地方根本沒裝電話，Email也不多，自然雜事就沒有了。因此我看電視的機會比較多，一方面練習聽日語，一方面可以了解日本的時事。

　　電視當然免不了新聞、廣告、綜藝節目、體育競賽，我最感興趣的是日本的購物台，常常出現兩個人口沫橫飛地、一搭一唱地推銷產品。這幾年，因為日子極為忙碌，本來也無閒情看什麼電視，我對台灣是否有購物頻道完全沒印象，根本不知他們賣什麼膏藥。

　　夏天，日本電視介紹旅行與做菜的節目很多，後者，一年四季可能都占多數，因為家庭主婦是電視主要觀眾群，每天一開電視，總有明星演員在推銷各地的風光與名產，吃拉麵、生魚片加上泡湯。除了明星演員，連作家都上台了，我在電視上看到渡邊淳一，一個老作家和一個叫野際陽子的老明星逛北海道，介紹作家喜歡的拉麵店與常去的海邊，兩人經過寫著作家語錄的高速公路看板，參觀渡邊淳一文學館。北海道因為作家的加持而更美，

我讀過他寫的以北海道為背景的小說《紫丁香冷的街道》，其實最喜歡的還是《北國通信》，寫晚秋寫冬雪寫初夏，呈現渡邊文學的北海道原風景。渡邊淳一使得北海道的街道充滿文學味。

然而，電視轉來轉去，一下子又兩個賣東西的出來哇啦哇啦一番。

日本人可能很喜歡電視郵購，郵購的頻道不少，賣的東西五花八門：減肥藥、化妝品、假髮、泡湯浴劑、壓力鍋、塑身腰帶、五指拖鞋、旅行箱、購物袋、自動開合的雨傘。有時，兩個女人一起賣東西，拼命強調美貌不是傳說，畫面上還有秘技的字眼出現；講累了，口乾舌燥，來上一段廣告，換兩個穿旗袍的女人推銷烏龍茶，還講一口標準的北京話。讓人不解的是，日本人還會買開運風水的避邪祈福器物，兩隻銅製的麒麟五六萬日幣，一個大紅的中國結，加上一個符咒樣的塑膠套，俗氣得很，一萬多日幣，男主持人還穿一件唐裝，手上戴一串天珠，佩上墨鏡，儼然黑幫老大。

不知日本是否有類似消基會的組織，我常覺得他們的誇大不實廣告商品應該也不少，比如可以改運招財的麒麟，好像地攤到處可見，卻貴得離譜，誰能證明不是招搖撞騙？或者，買賣本來就是一個願打一個願挨，像化妝品、美白保養品，誰能說不也是一種欺騙？女人真相信，化妝美白會變年輕？

有個學生說電視購物是中年女人才會做的事，她喜歡上網購物，三天兩頭就買衣服裙子長褲，能穿的不太多，她有時嫌顏色不好，有時說大小不對，或者說質料不合。網上購物很方便，學生還是常常上網買東買西，以此為樂。

不管是電視或網路，那樣的購物都有一種風險，我懷疑只有女人會做，或者，女人比較喜歡有風險的生活。

甲子園的佐賀旋風

　　父親一直對各種運動項目很熱衷，家住高雄時，他就常常興沖沖地拉著讀中學的我要去看什麼瓊斯杯籃球賽；超過一米七的妹妹被鄉下國中的體育老師慫恿要去打籃球，父親就開始做女兒要當國手的美夢，其實妹妹只去練了一次球就嫌累，從此沒再打過籃球，她喜歡實驗室。父親也愛打桌球、愛游泳，對棒球賽尤其著迷，在家中還無電視機的年代，不到十歲的我就常在半夜被叫醒，聽收音機轉播世界少棒賽，我睡眼惺忪地看著父親，激動地為收音機中的中華隊加油。

　　在各種生活的喜好中，父親始終寂寞地獨享，多年以後，我才體會那種無奈。

　　有個學生喜歡寫有關棒球的小說，我只覺得寫得不錯，卻未能深刻讀出味道來。夏天一到日本，甲子園比賽未開始，就聽說有個台灣的男孩為了想進入甲子園到日本來讀高中，可惜未能如願。進甲子園，是每個日本男孩從小的夢想。

　　甲子園完工於一九二四年，該年為甲子年，因此命名為甲子園。同年，第十屆全國高校野球大會遷到甲子園舉行，因此又被稱為甲子園野球場。

從小看日本漫畫的人，常會看到劇情中，日本的高校棒球隊最大的目標就是打進甲子園。每年，日本高校野球依行政區域分成四十九個區域，得到區域優勝的才能進入甲子園，球賽是單淘汰制，輸掉一場就得回家了。而甲子園球場有一項傳統，輸掉的球隊，總會抓一把甲子園的泥土當做紀念，表示曾經進入甲子園比賽。打進甲子園，就是打進全國大賽，表示他們曾經在全國四千多個高校球隊中取得決賽權。觀眾會看到，每一次抓泥土進小布袋的男孩都流著淚。

　　今年的夏天是屬於佐賀北高校的，他們是第一次得到甲子園冠軍的縣立高中。電視上、佐賀車站、佐賀街上，有人眼中都是淚水，得冠軍的那個晚上，佐賀變成不夜城，每個人都捨不得去睡，等著迎接他們的子弟兵凱旋。對佐賀，原本只聽過他們的超級阿嬤，現在全日本都迷戀他們的超級投手。

　　我反覆地看球賽的重播，看冠軍者的歡呼。

　　人生，所有的得失轉變，常常是一瞬間。

　　廣島與佐賀在最後一決高下，前七局，佐賀掛零，贏了四分的廣島隊似乎已是篤定冠軍。從大會一開始就未被任何打者得過一分的佐賀投手久保貴大，沒有任何表情，只看到他臉上滿滿的青春痘，前一天，記者訪問過他的父親，是佐賀一個農村小家庭。貴大被媒體取了一個零失分先生的封號，他在決戰賽的第二局下場主投，廣島已經得了兩分。貴大每一局都被擊出安打，甚至又出現驚險的滿壘，他總是化險為夷，貴大的名字不像浪得虛名。而第七局，貴大的零失分先生封號不靈了，他被廣島隊得了

兩分。其實，貴大在每一局都被對手擊出安打，反觀廣島隊的投手野村，前七局，對手幾乎都打不到他投的球。

第八局，貴大安打上一壘，佐賀又連續四支安打，接著，三壘手叫副島的再打了四分全壘打。投手野村不可置信地看著遠飛的那顆球，在鏡頭前傻笑著，也許是哭，看不真切。我的眼中有淚，不可遏止地流著，那個叫野村的投手長得好好看，投起球來優雅極了，而他傻笑的漂亮的臉讓人心痛。

第九局，像是命中注定，最後一棒，兩個投手碰頭，貴大三振了野村，五比四，佐賀冠軍。

第二天，八月二十三，我第一次在日本買報紙，想找有關廣島投手的消息，找不到。

想當賢妻良母嗎

　　不知道賢妻良母需要什麼條件，反正，中國的賢妻良母在日本漢字中出現的是良妻賢母。清末民初的女詩人、女學者單士釐隨同丈夫出使日本，她推崇日本的良妻賢母，以為良妻賢母是指受過教育的有智慧的女人，有閨秀的禮儀與地位。單士釐似乎以為能當良妻一定能當賢妻賢母，中國人講賢妻良母不好，賢妻不一定是良妻。在日本待的時間長一點以後，我覺得單士釐可能過度解釋，日語中的良妻賢母未必比中國的說法有更多的意涵，只是日語中使用的習慣常有一些顛倒而已，就像中文介紹，日語說紹介，中文的限制、設施，日語則變成制限、施設。賢妻良母也好，良妻賢母也罷，只有一點可以肯定，日本女子要當良妻賢母的可能比較多。

　　在日本，從小就是極端性別區分的，出生後取的名字不會不辨男女，什麼枝什麼葉什麼子，一定是女孩，男孩就是什麼樹什麼雄什麼郎。不像我的名字看不出性別，開會時被安排與男教授住同一間房。稱日本小男孩一定在名字後加君，小女孩名字後則加一個聽起來像是醬的音，叫花子的孩子就稱她花子醬。日本的

兒童節當然也分男女，女孩子過三月三，男孩過五月五，鯉魚旗是有男孩的人家掛的，無非是鯉魚躍龍門的心願吧！

　　每天上午去研究室，在學校遇見女教授的機會很低。校長的歡迎會，我與六個男教授吃了一頓很高級的傳統日本料理。抽屜中有一分全校的教職員相片名錄，其中的女教授極少，極少中還有幾個是外國人。日本教授知道我有兩個讀小學的孩子竟還出國交換做學術研究，似乎都極為不解。而我的不解是在女學生身上，在學生化妝如此慎重，還蹬一雙細跟高跟鞋，怎麼走來走去上課？台灣校園中女學生普遍的牛仔褲、球鞋裝扮，在日本大學中很罕見。在大學中，日本女學生已經是很有女人味的社會化女性。

　　西南大學是一所學院大學，即完全大學，從幼稚園到小學都有。每天中午，有許多嘰嘰喳喳的幼稚園小孩或小學生在學校食堂吃飯，通常由母親帶著，那些年輕的母親似乎都像全職的家庭主婦，如果有工作，不可能上班時間帶小孩。

　　晚上，吃過飯後總要去附近一家二十四小時營業的超級市場。我儘量自己去，不讓婦唱夫隨而來渡假的丈夫去；因為，日本男人很少出現在超級市場中，偶有一個，只是買一瓶牛奶或一包米就走，像是太太忘記了，他來跑腿應付一下。

　　在街上遇見一個女研究生，她看到我買了許多小孩要吃的甜食很驚訝，原來她以為我單身。她不知道結婚的人竟然還姓自己的姓氏。在日本，如果我嫁一個姓犬養的，就要將鹿姓去掉而換成犬養憶鹿了。

日本的良妻賢母不是我憧憬的角色。

上大學以後，我就開始熱衷於到台灣各地旅行，花最少的交通費到要好的同學家去，吃住免費，又有地陪嚮導。當然我也接待北部同學，每個暑假我總要陪朋友去佛光山、澄清湖幾次，甚至，也陪同學去自己出生的澎湖離島玩，吃住都在舅舅家，我們搭表哥的小船參觀無人島。詩人說過，世界再無一個地方比故鄉更像異鄉的了，每一次，我都覺得澎湖更陌生，像似初次相遇，也就有新鮮感。

當碩士生、博士生時，我有兼職工作微薄薪資，從此開始旅行，或韓國、日本、大陸，或英國、德國、法國。結婚以後，身在台灣，心懷世界，仍是不時各國遊走，我住過四塊錢人民幣的地方，也住過三百美金的飯店，一樣可以甘之如飴，啊，一出門即海闊天空，只要是旅行，就是美麗的驚嘆號，就是有無限可能的一種探險。

我深刻地體會單士釐的心情，一個裹腳的女人，一定隨時想去旅行去探險。

單士釐（1856-1943）出生於浙江蕭山，幼年喪母，舅父擔當教育的責任，一直到二十九歲才嫁給浙江才子錢恂，這樣的年紀才婚配，在清末應是極為罕見的。

錢恂是光緒年間的外交官，曾先後在倫敦、巴黎、柏林、聖彼得堡、東京等處使館任職。在錢恂出使期間，單士釐多次跟隨出國，寫下了她親身經歷的所見所聞。比我早一百年出生的單士釐為旅行立下一個典範。

一八九八年單士釐第一次到日本，經朝鮮、中國東北、西伯利亞到俄國，進行了為期七十多天的旅行，日記結集為《癸卯旅行記》。

　　在〈自敘〉中單士釐這樣說：「今癸卯，外子將蹈西伯利之長鐵道而為歐俄之遊，予喜相偕。十餘年來，予日有所記，未嘗間斷，顧瑣細無足存者。惟此一段旅行日記，歷日八十，行路二萬，履國凡四，頗可以廣見聞，錄付並木，名曰《癸卯旅行記》。或亦覽此而起遠征之羨乎？」錢恂為夫人的書題記說：「方今女學漸萌，女智漸開，必有樂於讀此者。」錢恂是一個欣賞夫人才氣的男人。

　　《癸卯旅行記》是一本很特別的日記，是清末一個從閨房走向世界的婦女見聞，她對中日兒童觀感差異極大，而且羨慕異國婦女。

　　日本兒童是「天籟純然出自由」，中國兒童是「埋首芸窗作楚囚」。

　　「中國婦女，籠閉一室，本不知有國」，「中國婦女，向以步行為限」。單士釐從閨房走向世界，她是中國近代一個極為幸福的女人。

　　單士釐的著述達十一種之多，另一部《歸潛記》，是一部旅行義大利的隨感錄。書中記錄作者在羅馬梵蒂岡博物館內參觀希臘神話雕像拉奧孔、阿波羅、宙斯的觀感，極有學術價值，其中論希臘羅馬神話的部分實是中國學者介紹西方神話的先驅，北京社科院的馬昌儀教授很早就有專文談單士釐所論美學。

讀單士釐的遊記，她去日本參觀大阪博覽會，對早期中國的教育頗有感慨。「談女子教育者少；即男子教育，亦不過令多才多藝，大之備政府指使，小之為自謀生計，可嘆！況無國民安得有人才？」一百年前的教育像才藝班，一百年後的教育仍然像才藝班，所以社會充斥一群群汲汲營營要往上爬的所謂知識分子。

　　當我可以自由來去，我不免想起單士釐為女人爭取到許多空間。

　　單士釐出生時，家人一定極高興，她的名字出自《詩經》：「釐爾女士」，釐是賜予，這個女士是上天賞賜的，有天賦的才氣。如果單士釐出生在日本，她的名字不會出自《詩經》，她們家會幫她取名愛子，或芳枝，或素葉，而她會有一群像大樹圍繞著的兄弟，如漢學家小川琢治的兒子，芳樹、茂樹、秀樹、環樹。

左邊走右邊走

　　到日本一個月，全家每次出門都要彼此提醒，走路靠左邊。日本的車輛靠左行駛，行人也幾乎都有靠左邊走的習慣，上下手扶梯、樓梯，似乎也比較遵守靠左的原則。這對一向被教育靠右走的我們來說，的確有些困擾，常在一條長長的窄巷中，對向的人迎面而來。

　　最近看了網路新聞，竟發現我們有國民小學交通安全教師手冊，要小朋友走路必須靠右邊；不過，依照道路交通安全規則，行人應該靠邊走，不一定要靠右走。而根據統計，行人慘遭同向車輛追撞案例高達八成，人車同樣靠右行走，其實危險性更大。

　　網路上也詳細說明，台灣鐵路在清朝時是單軌，一九二七年改設雙線；由於日本鐵路靠左行駛，那時台灣為日本殖民地，當然也就靠左走。我們的公路車輛受美國影響，一律靠右行駛。長期下來，就一直維持鐵路左行、公路右行的情況。經過調查，世界大多數國家或地區，火車和汽車都靠同邊走。例如同樣靠左走的有：英國、澳洲、南非、日本、印度、香港等；同樣靠右走的有：美國、德國、瑞士、瑞典、土耳其、南韓等。

台灣的觀光客似乎都感受到，日本人守規矩，或者說，他們尊重自己尊重別人，行人即使在小巷中，過馬路也會走斑馬線；車輛不會隨便按喇叭，兒子根本就懷疑他們的車子裝有喇叭，來了一個月都沒聽過一聲；開車的人一定禮讓行人，有人要過馬路，車輛一定停下。住在大學的國際交流中心宿舍，客廳臥室都有落地窗，離外頭車輛經過的巷道只有兩公尺，白天夜晚，我們都覺得小巷安靜得出奇。

　　福岡不像東京那麼擁擠，騎自行車的人很多，小學生都會騎自行車上街上圖書館，當然他們的馬路也都有行人自行車的專用道。

　　反觀台灣，別說是馬路如虎口，連騎樓都高低不平，行動自如的明眼人都會摔死，別說是行動不便或眼睛看不到的人，要出門有如登天。

　　靠左走或靠右走根本不是重點，關鍵在國民的生活素質。有網友就說，走路不一定靠右邊，他有時根本走中間路線。網友雖然開玩笑，倒是反映了台灣現狀，我們已經不太要求什麼生活素質或社會價值。

　　原以為吳淑珍女士行動不便，執政當局會比較注意我們的交通安全。錯了，原來執政者不那麼在意社會福利，只在意所謂台灣本土化，只在意要改幾個國畫國劇的用詞，我只是從所謂「外省人」變成「中國各省隨中華民國政府遷臺人士或新住民」而已，原來這樣就比較有尊嚴了。

卑微

在台灣，我們對生活的要求只剩下一張衛生紙。我們活得很卑微。

在日本旅行，臨時想上公共廁所，一點也不用擔心廁所太髒，日本廁所的乾淨舒適似乎在世界上早有口碑，連西方一些先進國家也望塵莫及；也不必擔心廁所沒有衛生紙，在日本旅行的豐富經驗裏，印象中似乎還未遇到不準備衛生紙的公廁。不管是百貨公司、車站、圖書館、公園或馬路旁，日本的公廁都無所不用其極地「吸引」人，比如說女用的化妝間很漂亮，兒童的洗手間很可愛，或者附有兩張有創意的高級的沙發椅，累了，甚至可以假寐一下。

而在台灣，我們只要想到出門上公共廁所，就覺得身為台灣人的悲哀，都不必再進一步思考如何被政客欺騙、糟蹋的事了。

出發來日本前，有一次在學校的教授休息室內，有個教授一面看報紙一面罵郝龍斌給大家聽，說他異想天開，吃飽撐著，要浪費公帑在什麼公廁的衛生紙上。教授的反對理由與有些議員一樣，怕台北市民會將公廁的衛生紙偷回家，真正需要衛生紙的

人仍然用不到，這樣的措施根本是多餘的，市長簡直是做秀過了頭。

　　為什麼我們在上個世紀就號稱有傲人的外匯存底，卻連上個公廁都沒有衛生紙？有個朋友在一家很大的貿易公司上班，公司就曾開了一個小時的會，討論要不要在廁所放衛生紙？大部分人都對放衛生紙的作用存疑，怕衛生紙會被同棟樓其他公司的員工用掉。朋友諷刺地笑說，二十個人花時間開會，浪費的錢可以買好幾年的衛生紙。同樣的情況，台北市議員討論這個議題的時間，花掉我們納稅人的錢也可以買很多衛生紙。或者，如果我們沒有這些無用的政客或所謂的民意代表，省下的錢，配給衛生紙都用不完，台灣每一戶人家的衛生紙都不必自己買。

　　不知學校的同事為何反對台北市的公廁中準備衛生紙？難道留學歐洲的教授以前待過的國家都這麼懷疑自己的國民？難道台北市民的素質這麼差，沒事都會去偷衛生紙？市長決意要在公廁放衛生紙，我們應該給他掌聲，尤其是女性市民，我們終於要被像起碼的人對待了。為什麼我們要一再花天文數字去金援隨時會斷交的國家，卻吝惜給自己的市民幾張衛生紙？市民再怎麼多拿衛生紙，比起政客的貪污，也不過是九牛一毛。何況，在公廁只能拿衛生紙，又拿不到百貨公司禮券或Tiffiny的錶，市民這麼沒品味嗎？

　　我們卑微地過著，什麼都要不到，要不到好的教育政策，要不到好的社會福利，要不到起碼的生活環境，我們擁有的政府是，每天只會叫我們認同台灣。我們認同的台灣是，連穿個衣服都要注意顏色，連在公廁用一張衛生紙都要感激皇恩浩蕩。

桃花紅李花白

終於，可以有些當台北市民的驕傲了，在我去台北捷運站上洗手間之後。原來，公廁放一捲衛生紙並不會太難，而且，並沒有市民會拿走衛生紙，每次我都發現衛生紙不虞匱乏。雖然，我的皮包中有面紙，從不拿捷運站的紙，卻仍有種卑微的感動，我們終於被當成像樣的人看待了。

倭寇的街道

　　在福岡街上，有一家叫「倭寇」的拉麵店，店舖在二十年前就常經過，對店名很感興趣，卻始終未吃過店裡的拉麵，聽說做得不怎麼樣。倭寇可能不會煮拉麵。

　　倭寇這個詞我們一點也不陌生，歷史課本上稱日本為倭寇。而日本稱蒙古人為元寇，福岡好幾處以前防禦蒙古人的石壘遺址，所謂的「元寇防壘跡」。到學校一號館辦網路密碼時，順便瞧瞧一樓的城牆復原展示廳，兩道石壘牆的樣本在那兒，說是由各種黏土層和砂土層混合砌成的。我站在那兒看了一會精美的海報，大元帝國在一二七四年有兩萬八千人進入博多灣，一二八一年則調集十四萬大軍進入博多灣，兩次都遇到大颱風，只進來未出去，幾乎全軍覆沒，不能說「進出」。

　　七百多年前，蒙古人來到家門口示威，日本人應該很生氣的，海報上日文英文並列，不停地強調，二十公里的防禦石壘以及兩次颱風打碎元寇的「侵略」野心，英文的字眼中也一再地控訴元寇的「侵略」。歷史的翻轉有些諷刺，二次大戰才過五十幾年，日本稱他們「進出」中國，並非「侵略」。其實，日本皇軍

在中國待的時間久得可以結婚生子上小學，而元寇可能只到博多灣，連福岡街上都無緣遊覽呢！

　　因為大學指定考試的國文出了一向被台獨人士仇視的文言文，那個長綠永不枯萎的教育部長竟被本土派批評。真失禮，許多台獨人士不是親日得很，把文言文當日文讀一下吧！重視文言文不一定是親中國的，日文不是這樣用嗎？箸是筷子、豚足是豬腳、灰皿是煙灰缸，驛是火車站，湯是洗澡水可不能喝，喝水在日文的動詞是飲，飯是要食的，看這個有倭寇拉麵的福岡就知道日文與中國古文多親近，我在廚房切人參，人參者，紅蘿蔔也，切菜時發現學校宿舍的配備有「包丁」一項，包丁是啥名堂，讀過《莊子》的人一定記得支解牛隻的那個人叫包丁，又作庖丁，現在的日文包丁是菜刀，因此，讓人懷疑，古代中國稱菜刀為包丁，也許，到唐代時都還這麼稱？

　　搭地鐵時，會經過唐人町，也會經過唐津，那是地名，失禮啦！不喜歡中國的人可能沒想到，日本的漢字是從中國古文轉變來的，要去北投泡湯時記得湯是中國古人的用法。

　　從圖書館借了到日本的第一部書，《中島敦全集》，中島敦的小說都以中國為素材，《弟子》寫孔子與愛徒子路的情感，《李陵》寫司馬遷、蘇武、李陵三人的心理，《山月記》以唐人傳奇小說為素材，《悟淨出世》用的當然是西遊記中的情節，身為小說家的中島敦與中國有糾纏不清的因緣，而日本文學史與高中生票選最愛的作家，只活了三十三年的中島敦都名列其中。

福岡的樹

　　國際宿舍臥室外有棵百年老松，常有烏鴉停在上頭，每天清晨，我會被烏鴉的叫聲吵醒。很像是胡適那首詩的情境，大清早，就在屋頂啊啊啼，人家說是不吉利。其實，來了日本沒幾天，我就習慣了烏鴉的叫聲，覺得烏鴉的叫聲與福岡的環境配合得恰到好處。

　　中國人一向覺得烏鴉不祥，一大早聽到烏鴉叫似乎是觸霉頭，而日本人喜歡烏鴉，覺得烏鴉是吉利的。我入了境隨了俗，也喜歡上烏鴉叫聲，尤其是一大早，烏鴉的叫聲讓人有一種生氣蓬勃的感覺。其實，烏鴉叫聲與吉利不吉利有何相干？所有的情境不都是心思有感而生？我只是覺得，那樣壯碩的有黑亮羽毛的一隻大鳥停在高聳的蒼松上，有一種莊嚴的氣象。

　　很多人會專程到日本賞櫻賞楓，或者到北海道看薰衣草，我到許多城市去，印象深刻的是銀杏樹，我記得北京的、東京的與福岡街道上的銀杏樹。秋天時，銀杏葉子的飽滿金黃，最能表現秋天豐收的意境，飽滿豐收而後掉落；掉落時還有飽滿的金黃，完全是生命毫無遺憾的寫照。銀杏樹給人一種意象，好像是日本人對沒有遺憾時的說法，無殘念。

福岡街上的銀杏樹不少，住的時間久了，有時間去細數每個角落的枝枝節節。博多車站附近或其他的大街上當然隨處可見銀杏樹，而幾年前所填海而成的百道濱一帶也很多，兩旁都有細細直直的銀杏樹，有些葉子，秋天未到，已等不及要染成金黃。尤其是大學旁修獸館高校操場的幾棵四五層樓的銀杏樹，我幾乎仰望不到樹梢，從樹下經過，看到滿地的扇形葉片，才突然想起，原來，這裡與台北不同，多了那麼一點北國秋天的味道。

　　其實，更確切地說，福岡比較有特色的倒不是銀杏，而是松樹。

　　松樹，幾乎是西南學院大學校樹，從學校旁門進入，穿越過整個狹長的校園，像是穿越過百年松樹林，地上佈滿松果，隨時隨地可見可聞烏鴉展翅、嘎嘎叫著。盛夏溽暑，校園靜得出奇，只聞見烏鴉來去，別是一番況味，心情絕非賞櫻賞荷的浪漫。烏鴉配上蒼松，好像總是想到老境。

　　福岡下雪的機會不大，但也有一兩次的，千載難逢，卻也會不早不晚就見到了。那個寒冬，好像許多事都剛剛好，要出發前往京都，遇見福岡的初雪，有初戀的純情感。許多樹都是枯枝敗葉，白雪蓋著，一種美麗無比的凋零。初識的朋友與我，從一棵棵參天的古松旁走過，松針兀自綠著，歲寒後凋原來這麼孤寂，眾樹皆枯我獨榮。

　　從室見橋經過，室見川旁的一家叫海月的居酒屋還在，二十年前大年初一凌晨四點與朋友喝咖啡的咖啡館也還在，他在很遙遠很遙遠的地方，應該早已不記得福岡的松樹。今夏，日日在一

個松樹處處林立的校園走著，樹齡都是幾百年了，才猛然驚覺，
對這個大學的校園來說，二十年前只是一眨眼。

博多車站

在六本松三丁目的下榻處,每日都早早就醒了,日本的時間六點,窗外漆黑一片,群樹還在沉睡,是的,台北才五點。在家時,早晨常不願起來,晚睡慣了醒不過來,幫兩個小孩準備早餐時,雙眼常是閉著的。在日本,卻不易睡好,或許是有暖氣的房間太乾燥,或許是周圍的沉靜過了頭,或許是腦中一直在盤桓要寫的稿子,橫豎是睡不好。起床時,福岡大學招待所的大門還鎖閉著,大廳的打掃人員道早安「喔嗨喲」時一臉緊張,知道你是外國人,很怕你說她不懂的語言。

你又退回房間去,開著窗子讓外面的冷風流進來,與一大片樹林一起等第一道曙光。

來福岡很多次很多次了,上一次是五個月前,去九州大學的圖書館印了一些沖繩的相關資料。你對於九州大學有奇妙的情愫,在大學時寫過一篇小說,胡亂瞎扯形塑的主角就是九州大學的,那時你對日本的認識,只停留在日本侵略過中國。完美的虛構可能創造出真正的歷史。米蘭昆德拉說的,小說的唯一存在理由就是說出只有小說才能說出的一切。

記憶流轉中，天亮了，虛構與真實之間，你搭地鐵前往西新，再走過室見、藤崎。走著走著，過了二十年。

　　在博多車站晃蕩了一兩個小時，約會的時間還早，有很長很長一段時間，你可以仔仔細細端詳車站裡的一切。在台北需要排隊才能買到的甜甜圈，這兒門可羅雀，你進去裡面，蜜斯達多那滋，日本是這樣翻譯Mister Donut的。聖誕節要到了，裝兩條有如項鍊的甜甜圈的紙袋上印著聖誕老人與麋鹿。

　　博多車站，用的是中國的驛字，就像是日文的湯是不能喝的，只能是洗澡水，這是異國，你卻始終想起古老的中國。你坐在車站角落藤製的椅子上吃一盒壽司飯，一面看著牆上讀賣新聞的廣告，突然發現讀字原來是要賣言兩個字合起來的，啊！讀書原是為了賣文為生嗎？

　　第一次來博多車站是十八年前，你每天經過車站，從筑紫口進去買一包天津甘栗，自己吃也剝給別人吃。有一次你站在漂亮的櫥窗前，對著一條藍花圍巾讚嘆著，兩三萬日幣，想了一下，並未買下。那年的聖誕節，朋友送的禮物就是那條圍巾。從此，博多被存入記憶，不是因為拉麵，而是藍花圍巾。

　　在博多車站，你站在月台上，想起電影中的情節，主角對車廂中遠去的戀人告別，莎喲娜啦。

桃花紅李花白

六本松散步

　　到日本福岡大學開一個國際學術會議，住的地方在六本松三丁目，意思大概是六棵松三段，門口看不到六棵松樹，看到的是秋天以後美麗至極的紅楓與金黃銀杏。六棵松好像在附近的護國神社，那裡原是福岡縣城練兵場舊址，後來變成供奉明治維新以後戰死病疫者野鬼孤魂的所在。護國神社、靖國神社中的許多鬼魂原是為了去攻打別人國家才喪生的，護國、靖國當然是為了日本國，為了日本國卻使他國不安、不靖，有如日本到處可見的和平公園，大部分是日本發動戰爭以後建立的公園。

　　微寒的清晨，再無睡意，你想起台北才五點。你散步到一丁目的護國神社。護國神社有安太歲的功能，入口牆上標示著平成十八年大厄年表，男女各有本厄、前厄、後厄的區別，可能類似台灣人所說的正沖、偏沖。你可能也犯了太歲，去年因為爭取學生的選課權益，而被專權獨斷的系主任告上法院。犯太歲等同於犯小人嗎？

　　對人生執著在意的情況似乎每個民族也都大同小異。然而，你關注的事與在台北臨溪路70號的內容差不多，吸引你的是學術演講，一直津津有味地看著木製公告欄中寫著幾個日本教授的姓

名，有個叫山中耕作的學者每個星期都有一次古事記講座，而附近另一個大學的教授則是萬葉集講座。叫山中耕作的那個教授不知像不像陶淵明？

日本人似喜歡植物，喜歡種樹，每一戶的門口都要留一小塊空地，種一棵松，種一棵楓，或者一棵竹一棵橘。在下雪的午後，枯樹上有時就掛著幾枚柿子，柿子是為了好看，並不拿來吃。

六本松讓你想起六本木，也是種六棵樹？是六本楓？六本櫻？或六本欅？日本人喜歡六這個數目字嗎？

本來想去找一下十八年前去過的咖啡館，叫秋櫻，你還保留了一張電話卡，有秋日風中的小花飄落，有淒美的意象。十八年前去咖啡館時是二月十四號，西洋的情人節，你手上捧著一束要送人的花。啊！花都是會枯萎的。

在往鹿兒島的火車上讀一份廣告，裡面有日本作家向田邦子，邦子戴著為人所熟悉的美麗帽子。你想起《向田邦子的情書》那本書，封面是同樣的一張照片。你在日本的火車旅行中不停地想起在台灣做人生最後一次旅行的邦子。發生在一九八一年八月的台灣三義空難事件，失事的是遠航編號B-2603波音737型客機，機上一百零四名乘客全部罹難，包括向田邦子。她到台灣主要是為了收集寫作素材，卻不幸死於空難。因為空難，台灣報章雜誌對邦子的作品有諸多報導。生命的一切思念都是在失去後才一點一點開始。

晚上看新聞，六本木有名的表參道發生火災。不知那些名建築師、設計師的作品可無恙？

桃花紅李花白

湯川秀樹圖書館

　　詩人在琉球大學校園草坪上的日晷石刻寫著：太陽底下，每天都有新鮮的事。我去琉球蒐集研究計畫的資料。

　　啊！在琉球大學，日子每天都充滿新奇和慵懶的滿足。聽說琉球人壽命很長，在來琉球之前，才從新聞上看到日本的女人全世界最長壽，平均年齡是八十七歲，而琉球人是日本人當中可以活得最久的。活得最久可以不停地學習，不停地接受新鮮的人生。琉球大學的圖書館大門口刻著「學而不厭」，題字的人是湯川秀樹。

　　湯川秀樹是一九四九年諾貝爾物理學獎的得主，也是第一位獲得諾貝爾獎的日本人。秀樹的父兄都是京都大學教授，個個頭角崢嶸，父親是地質學家小川琢治，大哥小川芳樹是冶金學者，二哥貝塚茂樹是東洋史學者，弟弟小川環樹是著名漢學家，他研究過中國魏晉的仙鄉故事題材。秀樹因為入贅，改為妻家的姓氏，由小川秀樹變成湯川秀樹。小川琢治太愛買書買古地圖，大學教授的薪資不敷家用，而兒子都太傑出，琢治本來不讓秀樹讀大學，因為錢不夠。

所以對小川琢治一家人有印象，緣由二十年前上神話課時，畢業於廣島大學的老師的推介。

　　在琉大圖書館，一直想起自己讀過的湯川秀樹自述《旅人》。他說：「我不是非凡的人，而是在深山叢林中尋找道路的人。」秀樹小學時就讀《老子》、《莊子》，道家思想中的理性主義深深吸引他，對他的人生觀、宇宙觀有重大的影響，晚年他就常引用莊子的名言，「判天地之美，析萬物之理」，那是物理和哲學的最高境界。

　　《旅人》書中寫著秀樹在京都大學研究生時期的瞬間心情：「研究室房間有點變冷了，好像也起風了，映在窗玻璃上的樹影飛舞不息。我眼底浮現那些在大學的歸途中，不時四處張望的一群少年身影，那是在晚風呼嘯而過的街角，是在寂寥而狹小的神社鳥居下。」

　　　黃昏已至，童猶不歸，
　　　紙上觀戲，時日已遠。

　　琉球到處是「石敢當」，而最讓我念念不忘的是湯川秀樹「學而不厭」長型石雕，氣勢磅礴地橫在大門口，兩側進出的人都要與秀樹的題字打照面。多好的一座圖書館，比我進臨溪路70號的那座圖書館方便多了，不用證件，無人攔阻。站在那棟建築物前的台階上，俯瞰梅雨季來臨猶自天朗氣清的琉球大學校園。想起這樣的令人歆羨的閱讀環境，無人會懷疑你進圖書館的動機。

在台灣，從所謂的國家圖書館到各大學的圖書館，進出都要證件。可不可以進圖書館只為了躲雨？或為了看別人讀書的姿勢？或為了聞一聞圖書館的書籍霉味？每個圖書館都處心積慮防讀者，如防小偷。

身為孤單的旅人，而家鄉卻讓人感到，生活的苦澀。學而不厭，畢竟需要一種境界的養成。

經過

　　L，我親愛的學生，經過故宮路的欖仁胡同時，我知道你一定在裡面，蜷縮在陽光照射不到的陰暗的斗室中。我與C曾在你的門口停佇過將近一個鐘頭，始黯然離開。

　　L，你說不舒服是因為腸胃炎，腸胃炎是小事，吃點藥就好了。難治的是心，跟自己的心過不去，不用說醫生束手，我們也感無力。只是腸胃炎，你就要斷絕所有的訊問？你終究答應見我一面，拗不過我苦苦相求，哽咽相勸，你見到我眼中的淚，因為知道你正在受苦而在眼眶中打轉的淚。是因為天氣嗎？因為連日的陰雨，你疲困的身心再也不想振作起來，不吃不睡，不出門不上課，白晝如黑夜，黑夜卻難眠。短暫的晤面後，你又退回自己的洞內，不再出聲不再現身，形同蒸發。

　　C問我，下學期的課表如何？可以選老師的課嗎？我答不出來。系上新成立的課程委員會決定了某些老師的課是可有可無，系主任要抽籤決定哪些課可有哪些課可無，可有可無的課兩年開一次。經由抽籤，我已然得到許許多多可有可無的東西，冰箱保鮮盒、開罐器、電子計算機、浴室腳踏墊、沙拉盤、乾電池、醬菜、味精，我的儲藏室有一大堆可有可無的身外物。

L，貪嗔癡怨，原是自苦，老天爺的雨水總有下完的時候，烏雲密布不會歲歲年年，日子從來就會雨過天青的。我與C站在巷口看下班放學的人潮，看到一張張倦勤已極的面容，在黃昏的塵世中努力地露齒微笑，一個背書包的女孩抱著母親，而騎摩托車的年輕母親專注地看著前方的交通號誌。走到隧道口，學校的後門，不時有人過來打招呼。老師，你去故宮嗎？L，昨天我才去過故宮，去買一本畫冊，因為裡面有八大山人的作品。記得八大山人嗎？那個簽名似笑似哭，哭笑不得的朱耷，長著大耳的貴冑之後，一生卻是淒涼悲慘。

　　我們一起討論存在主義，上帝存不存在？L，上帝就算存在，祂也不能代替我們，我們存在，由我們自己證明。不要自苦，L，我們當與芸芸眾生同在。

　　三天兩頭，總會經過你的門口，早餐店的人對我已然熟識，微笑點頭。理光頭，赤著雙腳的老婦一如往常地在眼前踱步，背上的嬰兒正在熟睡，她小心地將傘往後面挪，雨水滴在她的腳尖上。C說，老婦前幾年就有些異常。L，你一定會說，人生沒有正常或異常，只有平常或非常之別。

　　L，非常的日子總要回到平常來。明天，我經過欖仁胡同時，希望你下樓到巷口吃燒餅油條，你會看到小葉欖仁又抽高了一些，像一層層嫩黃的傘要往天際上去。

桃花紅李花白

1928，林語堂在東吳

　　學生坐在我的研究室內，滿臉哀傷，他正修一門奇怪的課程，將他已讀得滾瓜爛熟的《論語》再標點一次，給教授檢查，那是必修學分，一個學分六千多元。他說他要休學，讀不下去了，不知道自己要寫什麼論文？修了一大堆奇奇怪怪的課，有許多教授的專業領域全不明顯，似乎是經史子集精通。

　　為了調薪來讀一個在職研究所，真是浪費時間又浪費金錢，面前的學生喃喃自語，靠在書架上的左腳自始至終一直抖動著，他很焦慮。

　　啊！我突然想起林語堂。

　　1928的秋天，林語堂應上海東吳大學法學院院長吳經熊的邀請，擔任英文教授一學年。薛光前當時在東吳讀書，他在〈我的英文老師〉一文中回憶到：「語堂先生教英文，有他一套特別的教授法，與眾不同。但功效之宏，難以設想。第一：他上課從不點名，悉聽學生自由。第二：他的英文課，不舉行任何具有形式的考試。第三：語堂先生的教英文，從不用呆板或填鴨的方式，叫學生死讀死背。」

林語堂一直對傳統教育只要求學生背書有極大的反感，在《吾國與吾民》書中對中國教育更是大力抨擊。他說許多大學考試，學生都能在接到通知後一星期內預備。而凡能在一星期內速成強記的任何知識，其遺忘之快也一樣。林語堂說大學教授只是自欺欺人的可憐蟲，他們果真相信學生確實明瞭所學的科目？

　　過了四十年，1968，周質平在東吳中文系，正為點書與背書所苦。後來，周質平成了普林斯頓大學的教授，研究過林語堂的「不得體的自由」。周質平被東吳大學選為傑出校友，學校的學術講座請他專題演講，他提及在東吳中文系唸書時的壓抑心境，言談之間激動仍存。周質平說當時中文系有許多扭曲的制度，最令他印象深刻的是老師竟然要求學生點書，他說點書浪費的時間太多，讓學生失去分析與批判的能力，到最後學生叫苦連天，老師敷衍了事，這樣不切實際的做法，老師與學生都從未去思考點書的意義到底在哪裡。因為斷然拒絕點書，他選擇重修許多課程。周學長何嘗知道，在他之前有兩個人，在被臨溪的所謂大學踐踏尊嚴後，分別去了大度山與羅斯福路，也都成了很出色的學者，比他們的老師出色。

　　2007年，學生眉頭皺得更緊了，自言自語。大學教育追求的精神或目標是什麼？只是去否定小學中學教育，重複一次原先的背書過程？大學教育是隨便找一本書讓學生按照已經有的標點再點一次？大學教育是選幾十首詩讓學生死背？如果學生不從，二話不說就把他們通通當掉。學生說他在正在另一所大學讀博士學位的學長，大一的一門唐宋詩欣賞課修了三次，因為他不願意按照老師的意思死背解釋。

學生說完，走了。我打算去開會，主題是，如何遏止學生作弊？會議很慎重，很正式，正式到我覺得師生都有作弊的嫌疑。

　　讀董橋自選集《從前》，他幫上海的潘安孚《百年文人墨跡》寫序，提到林語堂寫的一副小對聯，五萬元人民幣還買不到。這段話讓我不由得想起鄭因百老師，他提到臺老師的書法成就時，會順便自嘲自己的字不好，而字不好是因為師母說寫字又不能賣錢、練字是浪費時間，做學問寫論文才是正途。鄭老師臨了總要笑，師母若知道寫字也可以賣到好價錢，一定會敦促他練字才是要緊。

　　從東吳大學受台北市文化局委託代經營林語堂故居後，三天兩頭總會去林語堂家吃飯，故居賣的同安豬腳很有特色，去參觀的人總要順便吃一份豬腳，才算真正體會林氏身為生活美食家的真髓。然而，我卻從來未想到，林語堂的一幅小對聯可以賣到超過二十萬台幣的價錢。文學家、藝術家的精采人生幾乎都在身後才開始。

路上

　　有個朋友喜歡旅行，喜歡出門回家，因為在家的寂寞與旅途中的寂寞並無二致。他單身，並無人可以想念。但是，他害怕機場，他說出境入境都有生離死別的心情，而難堪的是，無人送行接機，無人可以道再見或體會久別重逢。歸結一個重點，在家或出門都免不了孤寂感，朋友說。

　　不喜歡獨處的孤寂感，怎麼體會人群共聚的愉悅？怎麼享受與陌生人萍水相逢的樂趣？

　　而我，沉溺於飛行，在夏天來臨以後，短短一個月內，我來來回回搭機，從台北往返琉球，從台北往返台東，從台北往返香港，往返北京，日子，一直在路上。我寄信，貼一張在海邊的心情裝入有飯店圖案的信封中，也許那就是一種無邊的幸福感，不管到天涯海角，都有人與你分享陽光灑落在草地上的美麗景致。

　　旅人的位置都是一樣的，彼此陌生，卻又像熟識，搭同一班車，搭同一架飛機，吃相同的餐點，甚至比鄰而坐，進入夢鄉。在三個小時的飛行中，我竟然熟悉了隔壁男人的鼾聲，而且適應他身上淡淡的KENZO香水味，好像我們是共同出遊。在這樣出發要參加一個會議的旅程中，我在鼾聲中不停地想起遠方的人，

曄曄正走在回家的路上，他經過長有小桃子的桃樹，經過有一棵綠繡眼築巢的花朵已落盡的櫻花樹。曄曄會一路玩耍，遲遲才回到家。外面的風景太好，他總捨不得進入屋內。

微雨的晚上，我在北京一個叫七九八工廠的所謂前衛藝術區，坐在名為江湖的咖啡館喝一杯拿鐵，手上拿著一本《中國藍夾纈》的書，寫流行於唐代的印染工藝，寫敦煌莫高窟彩塑菩薩所穿著的便是夾纈彩裝，書皮上說「留住歷史的最後一抹靛藍」。我在另一個空間去記憶歷史時間，有現實中沒有的飽足幸福感。

從安定門外大街進入城中，梅蘭芳故居、齊白石故居、程硯秋故居，不管記憶中是什麼，眼前就是一間老房子，一間經過刻意粉飾的老房子。藝術畢竟不是現實，政治則是殘酷現實，一個巨大的圖騰刻在天安門的紅牆上，那些藝術家們曾經被壓在圖騰的陰影下。

再走幾步路，2008奧運的口號：同一個世界，同一個夢想。中國人喜歡運動，也喜歡口號。不同的時空，有不同的夢想，豈不更好？因為各有夢想，我覺得歷史的繽紛。

我不在家，就在旅行的路上，在旅行的路上，自己一個人，我完全屬於我自己。

桃花紅李花白

進京趕考

　　小姪女從澎湖來台北參加一所大學的推薦面試，陪了她幾天，見識到多錢才能考試讀書的場面。

　　不知道誰規定的，面試時要穿著整齊，從不穿皮鞋的她去買了一雙皮鞋，又買了一件襯衫一件裙子；我不能告訴她，穿著外表不重要，因為大家都這樣穿。到面試的學校時，發現男生女生好像要應徵空服員，每個人都盛裝出席，有些女生甚至薄施脂粉，還做了頭髮。

　　面試的資料最是繁瑣，要寫自傳、讀書計畫，不知高中生能寫什麼讀書計畫？在課堂上，有的研究生連讀書計畫都寫得一塌糊塗。曾經看到面試的高中生將讀書計畫寫得不錯，一問家庭背景，父母兩人都是大學教授，我雖不懷疑父母捉刀，卻確信父母難免從旁指導過。不知道要審讀書計畫的教授們在高中時是否寫過像樣的讀書計畫？

　　最離譜的就是，每個考生都影印了一大疊的獎狀、認證、檢定，還是彩色影印。有個朋友大手筆影印，兒子從小到大的鋼琴演奏、英語演講比賽的獎狀數不勝數，她的兒子從小學開始暑假就由媽媽陪著出國，中學以後則每年換國家遊學。

朋友的兒子學校的成績並不出色,卻順利申請上了國立大學的熱門科系。

小姪女在離島,幾乎未參加過什麼比賽,她連台北都未來過;而她同校的同學為了申請不同大學的面試,由父母輪流陪同來台北三次,來回機票、住旅館和吃飯,花錢如流水,為了申請大學,父親一個月的薪水都不敷使用。

有一次,我聽到支持十二年國教的官員說,十二國教可以有良性競爭,辦不好的高中自然會被家長淘汰,他們會搬到學區好的地方。是的,建議澎湖的漁民為了小孩要讀建中去台北植物園附近買一棟房子。官員只知道有人買萬寶龍鋼筆,卻不知道有人三餐不繼。

小姪女似乎不太進入狀況,她不知面試的教授第一個問題就要她以英文自我介紹,就這樣她被她最屬意的科系拒絕了。有人早已四處打聽過,死背下一篇請別人寫的英文自傳,那個人錄取了。也在大學任教的小妹說她曾面試一個考生,用英文自我介紹,字正腔圓,文情並茂,簡直無懈可擊;留美的小妹很好奇,問她英文哪裏學的?沒想到她連最簡單的一句英文都聽不懂。

面試結束以後,小姪女說她想搭台北捷運,還有去坐一下摩天輪,她從未體驗過。啊,順便去吃炸雞,她喜歡的速食店,澎湖也沒有。

我想起自己的大學生活,不識字的母親在我每次由高雄負笈台北時,總會幫我炒麵茶,她只怕我隻身在外餓著,其他的,她關心無門,她一生都不知我到底在讀什麼書。

台灣固然不大，城鄉差距卻不小，在多元入學的冠冕堂皇理由下，似乎更加圖利了權貴後代、富豪子女。而一般的低收入戶子女，想進京趕考，門都沒有。

　　考上大學以後又怎樣？有人又甄試上了研究所，研究所的指導教授專長領域與博士生的論文題目不符合竟然也可以指導。研究生說，那沒什麼，因為到時博士學位口試的委員可能也不懂博士論文。有個朋友說，他的口試委員前一天又向他要一本論文，因為丟了找不到；而這個教授另一項記錄是，根本忘了博士論文口試時間。

愛

　　與雨季一起來臨的春天開始後，有兩天假期，學校因為要研究所招生考試而不能上課。不知道從什麼時候開始，台灣的大學畢業生幾乎都會考研究所，因為經濟不景氣，因為失業，學校是躲避殘酷的現實人生的好所在。整個春天，全台各大學輪流舉辦研究所招生作業。

　　憑空來了兩天假期，你讀納博科夫的小說，小說名叫Mary，是作家的第一本小說，寫他的青春初戀與流亡思鄉。窗外一棵兩三層樓高的金露花倒塌，新綠的葉與淡紫的花在綿綿春雨中躺落在泥壤上，納博科夫的小說出現了兩次總狀花序類植物的濃烈刺鼻香氣。一群流亡在柏林的俄國人，租住在一個廉價的膳宿公寓，相濡以沫；其中流亡的老病詩人，千方百計要取得到巴黎的簽證，簽證與心臟病一起來到時，他遺失了護照，也失去換地方流亡的資格。「我們應該愛俄國。沒有我們流亡在國外的人對她的愛，俄國就完了。生活在那裡的人沒有人愛她。」距離，使情愛更堅貞。

　　好手好腳的教授申請身心障礙停車位，既可以減稅又可以享特權。他說他愛學術，常常上電視宣導他的遊戲文章。有辦法的

人都在努力消費這個國家形象，愛變成一種口號，愛使一切行為都有了正當性。請一個工讀生站在路口當房屋銷售活廣告，一小時幾十塊錢，難道可以順便美化市容嗎？有人永遠找不到停車的地方，路邊的廣告不是「明水宴」就是「麗山村」，破爛的車身、瘸歪的輪胎，日日夜夜都停在路旁，有時一天才付五十元台幣，那些車子不會被拖吊，不會因為廣告被罰，不會因為影響市容觀瞻被罰。學閥與財團，有特權的人才有曝光的機會，領救濟金的人沒有資格說愛。

移民到美國的朋友說她最愛的還是台灣，她似乎是兩千年移民美國以後才愛台灣的，她愛台灣的方式是堅持講台灣話，不要讓人看衰小，並且批評不講台灣話的人是不愛台灣。台灣話之前是閩南語，其實，福建講閩南語的人比台灣多，你說，不要污髒了語言，看衰小、林貝這種話是小混混才用的，閩南方言其實可以說得很文雅。

納博科夫引用普希金的話當小說Mary的開始，回憶起往昔，令人神魂顛倒的愛。愛，就合適在回憶中滋生茁壯，現實中，愛，一點一點地枯萎。日本諾貝爾獎作家大江健三郎的封筆之作《別了，我的書》，納博科夫的名字弗拉基米爾成了他書中的主角，大江的小說書名也是出自納博科夫的作品《天賦》。不是流亡的詩人也有思鄉的情懷，大江對俄裔美籍的納博科夫有一種相知相惜的傾心。愛，與一切無關，怕的是，愛，毀滅了一切。詩人怕，愛在現實中，一點，一點，枯萎，癡情地用筆把愛印刻下來，夢想，永恆。

渡海

　　住的地方在廈門的鷺江邊,從窗口望過去,鼓浪嶼就在眼前,清晰的洋式的房屋風格。鷺江一路流淌而去,流淌的不只是水,而是歷史與文化。來廈門的目的,為了去鼓浪嶼看林語堂曾經讀書的小學中學,也為了看廖翠鳳的娘家,甚至想看林語堂一生難忘的戀人陳錦端的家。

　　在廈門的街上吃了一個像芝麻球的點心,牆壁上明明白白寫著「炸棗」,那是閩南方言,是的,童年的澎湖,「炸棗」是我最奢侈的犒賞。多年多年以後,每當有機會再回去出生的澎湖海邊,「炸棗」就是我喚醒過去記憶的符號。現在,一個鬧哄哄的小店裡,一大盤的「炸棗」擺在那裡。恍惚中,童年回來召喚我。

　　晚上,母親一直一直進入我的夢境中,那是她故去多年以後首次的入夢。也許,母親與我一起渡海回鄉。

　　母親生前,與父親的皖北話一直是各自表述,不只在語言上各有堅持,即使在食物的領域,三四十年的婚姻也是米麵各據一方。我與母親個性迥異,孤僻彆扭,不喜歡的、看不慣的人太多,全世界都是異鄉,故鄉也是異鄉,也就能無入而不自得;母

親不同，她喜歡與人交往，高雄家的鄰居是客家人，他們彼此語言不通，來我台北的家小住，樓下是江蘇人，對門是雲南人，母親說她有如聾啞，不能與人打交道。也許，母親會喜歡廈門吧！到處是熟悉的閩南話。我在龍海海邊，看到一個蹲在榕樹下刮魚鱗的老婦人，剛捕上岸的新鮮的桂花魚滲出血漬。那個背影，真像是母親，我幾乎要忘情地叫喚她。

我讀林太乙寫《林語堂傳》，她寫父親晚年不良於行，一聽戀人陳錦端還在廈門，就想回鄉去看她。原來，一經愛過，那個影子，今生就永遠有在心底不能碰觸的角落。林語堂生前終究是未曾再回廈門漳州。他曾渡海去美國，去德國，去香港，去南洋，最後長眠陽明山。而我，去了他出生的坂仔，去了他上過的教堂，去走了他往陳錦端家的斜坡。遊歷過歐美各大城市的林語堂，念念不忘的或許不是戀人，而是坂仔的一彎清溪與一畝蕉林。陳芳明說，懷鄉是最高貴的情操。

渡海之前，在海峽上空，我想起一個政客的話，喜歡中國，不認同台灣的人可以去跳太平洋，太平洋沒加蓋。啊！我有不認同的自由。我渡過海，不經太平洋。

在漳州，我聽到一個四川來的人吹捧郭沫若，拋妻別雛，共赴國難；再罵林語堂，抗戰正酣，棄國赴美。一個連丈夫情義、父親責任都沒有的人，能談救亡圖存、民族大義，豈不矯情虛偽？一個文人作家，難道可以上場殺敵？在國際社會發言，抨擊日本侵略，呼籲國際社會支持中國抗戰，不算是貢獻心力？長久以來，我們的教育總是要求每個人要犧牲小我，完成大我，小我都被犧牲了，大我還能完整健全嗎？

桃花紅李花白

我的老師說，愛國的人太多，把國給愛壞了。讀單士釐的《癸卯旅行記》，她在日本參觀博覽會，對早期中國的教育頗有感慨。「談女子教育者少；即男子教育，亦不過令多才多藝，大之備政府指使，小之為自謀生計，可嘆！況無國民安得有人才？」有時，愛國的人也不過就是一群御用文人而已。想起袁宏道的詩：自從老杜得詩名，憂君愛國成兒戲。

林語堂在救亡圖存的氛圍中獨樹一幟，主張獨抒性靈，正是伸張小我的自由主義。四川來的人是《郭沫若學刊》主編，藉由抨擊林語堂吹捧郭沫若，閩南人林語堂可能聽不懂，也不想聽。

曾經的渡海被批評為民族叛徒，而如今，時空翻轉，他是閩南的驕傲。文學館前的塑像，林語堂一慣優閒地，笑著。

在廈門，大部分的人都在說母親熟悉的閩南話，我一直一直想起母親，想起她炒的金瓜米粉，想起她做的豬蹄麵線。渡過台灣海峽，似乎就為了吃一口童年熟悉的炒米粉或豬蹄麵線。原來，胃蕾的滿足勝過一切家國意識的言說。

顧頡剛的愛情

　　中學時，在課堂上第一次聽到歷史老師講到顧頡剛，當時身為北大教授的顧頡剛說，禹是一條蟲。禹是一條蟲，在他之前的堯舜當然也不可能是什麼聖王賢君。當研究生以後，與從日本回台客座的老師在課堂上討論顧頡剛，顧頡剛主張層累地造成的中國古史觀，勇敢懷疑古書和推翻數千年來的偶像而不稍吝惜。

　　「我的心目中沒有一個偶像……唯其沒有偶像，所以也不會用勢力的眼光去看不占勢力的人物，我在學問上不肯加上任何一家派，不肯用習慣的毀譽去壓抑許多說良心話的分子。」

　　大部分的人對顧大加撻伐，胡適不然，胡適支持顧頡剛所提出對大禹的懷疑，他說「上帝若真是可疑的，我們不能因為人們的安慰就不肯懷疑上帝的存在了，上帝尚且如此，何況一個禹？何況黃帝堯舜？」

　　人生好像是一連串的陰錯陽差，因為註冊太晚，倉卒間選了一門「神話」的課，博士論文竟然乾坤大挪移，把之前所有的資料全部拋撇，從此書架上幾乎都是「神話」，顧頡剛三個字也常出現。

顧頡剛年輕時就習慣做筆記，一九八○去世，十年後，台北出版他十大厚冊的《顧頡剛讀書筆記》。沒事時翻翻筆記寫什麼，一翻再翻都看到這個蘇州學者寫吃的，頓覺自己不是什麼做學問料。

核桃，吳人謂之胡桃，未知此「胡」字係「核」字之音轉，抑此物之種實自胡中來也。

吳中蠶豆，以其養蠶時食也。蜀人謂之「胡豆」，蓋早春即實，不待蠶月也。然名之以胡，或此豆之種來自異域乎？

北方人名南瓜為「倭瓜」，或此瓜之種來自日本乎？顧頡剛又加一批語：南瓜自是南瓜，倭瓜或名北瓜。啊，原來南瓜可能來自日本，難怪日本的南瓜那麼好吃。

蕃茄、蕃薯，明係外國種。蕃茄即西紅柿，蕃薯即馬鈴薯，亦即山芋。什麼？蕃薯即馬鈴薯，蕃薯不是地瓜嗎？馬鈴薯不是土豆嗎？曾經與北京的朋友開玩笑，花生叫土豆才對比較恰當，馬鈴薯叫什麼土豆？土豆不是土裏的豆類嗎？馬鈴薯應該是薯類或芋類才對。

花生米初入，吾蘇謂之「台果」，以其自台灣來也。後有大花生米入，則稱台果為「小長生果」，大者為「大長生果」。聞河南某地稱花生米曰「洋豆」。啊，蘇州的花生是台灣去的，我還以為台灣人只會去蘇州賣鴨蛋呢？

言歸正傳，本文主要是要談一個學者的愛情。

接著，《顧頡剛日記》也問世，余英時先生為此寫序，序一寫就寫成一本書，《未盡的才情》，要從《顧頡剛日記》看顧頡

剛的內心世界。學者傾訴心情不亞於小說家，余先生為顧頡剛寫序可以成就一本書，顧頡剛當年為《古史辨》寫的自序長達一百頁，壘塊太多，非三言兩語可以完了。

余英時先生說日記中有顧先生與譚健常女士纏綿五十多年的愛情故事，而在我們凡人的眼中，顧先生似乎從頭到尾，一廂情願。他說第一任妻子死時，只哭兩次，「獨至履安，則一思念則淚下。」似乎情深意切，卻在履安死後十六天便寫信給譚求婚，在日記中他為自己辯駁：「予與健常鍾情二十載，徒以履安在，自謹於禮義，此心之苦非他人所喻。今履安歿矣，此一幅心腸自可揭曉，因作長函寄之，不知被覽我書，將有若何表示也。」接著的日記又瑣碎地記著：「致健常信抄畢，共計十長頁，每頁四十餘行，行二十餘字，約共九千四百字，算是我近年的一封長信，把我三十六年來不能揭開之生活小史都揭開了。此函共寫六天，如無自珍之病則四天便夠了。」顧頡剛當時五十歲，妻子亡歿，他似乎開始談戀愛。歷史學家的情書這麼可怕，他連情書的頁數行數字數都交待了。

誰知譚健常從來未曾有愛意，她只把他當「知己」，並非情人。

一九四三年十月的日記，顧在連番挫折後仍不能對譚忘情，誰知才三天光景，他就接受朋友安排，與張靜秋交往，訂婚一個月以後，顧有一段日記寫他與未婚妻一起看日記，「靜秋觀予向健常求婚書，頗指摘其無情，又謂如此用情純厚者能有幾人。」批評暗戀的對象，也算順便標榜自己用情純厚。

顧頡剛的日記，讓人忘了他是《古史辨》時期的北大教授。學者的愛情，畢竟與凡人不同，或者比凡人更不可愛，更顯乏味。

我想起可憐的卡夫卡。卡夫卡寫給未婚妻愛麗絲的信，聽說一天一封，或一天三到五封不等，常常一寫就是二三十頁。兩人訂婚兩次，結果是女方嫁了別人，可是她擁有卡夫卡的情書。1930年左右，猶太籍的愛麗絲因為躲避納粹迫害，和家人從捷克逃到瑞士又到美國，她什麼都不帶，只帶著卡夫卡的情書。1950年代中，愛麗絲將卡夫卡的情書賣給紐約的出版社，增值很快，聽說情書的價錢可以買一座大農場和五棟豪宅。

據學者的評價，卡夫卡的情書盡是一些可笑的蠢話。當然，情書不寫蠢話能寫什麼？難不成要與愛麗絲討論小說的寫作技巧？卡夫卡應該很安慰，學者的情書肯定比小說家的情書更無聊、更幼稚。

人的私密日記，最好生前就銷毀比較好。

桃花紅李花白

皇帝的奏摺

我是市井小民，住在宮外，閒來無事，進宮中去讀了一下皇帝的奏摺。

奏摺是大臣以私人身分上給皇帝的書面報告。而皇帝藉著硃筆批示將其旨意諭告臣下，統稱為「硃批諭旨」。經皇帝閱過硃批的奏摺，再發還原上奏大臣閱看保存，雍正即位後，諭令內外大臣等將他們所保存的硃批奏摺一律繳還宮中，從此硃批奏摺的繳還就成了定例。故宮現在所藏的檔案，就是大臣繳還宮中的奏摺。

有清一代的皇帝中，批改奏摺最詳細的，首推雍正。雍正把奏摺當作學生作文批改，有的批在奏摺封面，有的批在字裡行間，還改錯別字，平均每天要批閱數十件奏摺，洋洋灑灑，字跡工整秀麗。見到故宮的那些奏摺，才知皇帝並不好當，白天上朝召見大臣，連三更半夜都不得閒，讀的還是公文。不像我們，半夜睡不著，可以起來讀《愛在瘟疫蔓延時》。

在奏摺中，有「旗籍」的大臣才可以自稱「奴才」，因為八旗子弟在廣義上都是大清皇帝的世僕家奴，故入關後的八旗大臣，對皇帝自稱「奴才」。在奏摺中提到兒子，則稱「奴才的兒

子小奴才」。有的漢大臣為了討好皇帝，自稱「奴才」，還遭到皇帝的斥責，認為與體制不合。可見當時能做皇帝的奴才，是一件光榮的事，並非人人都有資格當奴才。

大臣親自寫好奏摺後，還有拜摺的儀式。所謂拜摺，就是大臣將奏摺寫好後，在家中擺設香案，將奏摺放在香案上，對奏摺跪拜後，將奏摺放在報匣內，上鎖加封條，再交家人呈送宮中。說到對奏摺跪拜，我不禁聯想起學術界的趣事，有個當系主任的人一向對校長卑躬屈膝，有一次，在餐敘上，他突然接到校長大人電話，只見他一面講電話一面鞠躬哈腰。我們在一旁笑談，又不是跪領聖旨？

雍正硃批公文極為認真，然而，他罵人的奏摺也最多。「所奏東一句，西一句，不成個奏摺，胡說之極，看你有昏憒之景，慎之！慎之！」雍正也常以「厚顏」、「無恥」、「混帳」、「濫小人」、「頑蠢」、「糊塗」、「狗彘」、「惡種」……等詞斥責大臣「不是東西」。認真的皇帝可能對愚蠢、糊塗、厚顏的貪官污吏很難忍受。雍正極為直接，罵大臣的話淺白又難聽，然而，當臣子的人既然要當官，要名利權勢，也只好逆來順受。

看那些成了歷史檔案的奏摺，只慶幸自己與所有的頭銜職位無關，一生都可以悠遊自在。權力慾高的人，畢竟不像我們市井小民臉皮那麼薄，否則，被主子如此糟蹋，如何承受得住？

撒布優部落

　　小女孩美如天使，兩個大眼澄澈如兩彎小湖，她問我的名姓，說她會寫，水鹿的鹿當然會寫。上學時自己走路去，兩個黑黝的光腳丫此刻正踩在滾燙的柏油路面上。她告訴我如何分辨小麥、小米和高粱，小鳥最喜歡吃小米，小米那麼小，比較好吃。經過一片一片的小米田，到達一個以太陽能發電的學校，小女孩很驕傲，她的學校很美，遠處有火車經過，再遠處是大海，而學校的身後是大山，中央山脈蜿蜒而去。撒布優的排灣人與所有地方的排灣人一樣，他們來自另一個更美的地方。

　　撒布優在排灣語中是寂寞的地方，對族人來說，原來的聚居地可能更好，移居遷徙恁地難堪，只要是異鄉異地，天涯海角都是寂寞的所在。

　　在寂寞的所在聽祭典的祭辭：這是靈魂的居所，讓我敬上三滴小米酒，一滴敬神靈，一滴敬祖靈，一滴敬給不幸諸亡靈。對神靈祖靈崇敬，也對「不幸諸亡靈」有敬畏憐憫。神聖的小米酒澤被萬靈。

　　沒有小米幾乎無以成家，家屋內側的小米穀倉是神聖的，每戶人家的屋簷下一定掛著小米穗；生活周期圍繞著小米的生長，

烏皮九芎的花期是播種小米的時候，血藤開花時要除小米田的雜草。看別人收穫小米是一種煎熬，不能吃別人家種的小米，如果自己沒有小米田就不可能有小米飯吃。我真歆羨叫桂蓉的女孩有兩分地，她忙著在趕走覦覦她小米的小鳥，正在等待為小米舉行收穫祭儀式。

去海端鄉另一個布農族的加拿部落，問老婆婆加拿的原意是什麼，她說加拿在布農語中是肚子痛。族人原來住在遙遠的山上，後來才搬來現在的部落，每一個剛來的人都會肚子痛，這個地方就叫做肚子痛了。

也許原來的地方太好，這個陌生的異地令人不安，我們一不安就會緊張肚子痛。如果，異地讓我們愉悅，有幸福感，肚子不但不會痛，反而會通體舒暢，有如進入桃花源中。此刻，我喜歡這個到處小米結穗的部落，七十幾歲的老婆婆忘情地唱著小米收穫祭的歌，歌詞中寫她正喝著小米酒，從天亮喝到天黑，喝醉了，醉了，小米酒真香甜真好喝，不好意思，我忍不住醉倒了。

收穫祭、打耳祭、嬰兒祭全有小米飯小米酒。嬰兒祭與收穫祭結合，為人父母者先釀小米酒，請親人光臨，將新成員介紹給族人認識。嬰兒祭時每個少女都要吃放在一種葉片上的小米點心，不吃的女人以後會不孕。

在撒布優部落的田埂旁，我想起《天真的人類學家》所介紹的西非多瓦悠人，他們酷愛小米，不吃其他東西，唯恐生病，他們整日談的就是小米；如果有人奉送稻米或山藥，他們也會吃，卻遺憾稻米遠不及小米。多瓦悠人只耕種自己所需的小米，如果

桃花紅李花白

近期有祭典，他們會多種一些。我在純真的人身上看到，生活可以非常非常簡單。

異地，對我既無寂寞，也無不安。是不是現狀令我不耐？啊！我那麼喜歡旅途中的新奇驚喜，我甘心於像天真的人類學家的旅人角色。

認同一條河或一棵樹

　　校園中還是烏雲密布著，沒想到沿著溪走了一段路，已是晴空，有秋天的味道。秋天使得所有原本不足為奇的風景突然有了不同的詮釋角度。

　　我們坐在一條剛拓寬的馬路邊，剛栽種上的樹有兩三米高，是從別處移植來的，下面一大片陰影。前兩天，挖土機還在的，滿目瘡痍的景象。

　　我們靜靜地坐在新砌的石階上，面對眼前緩緩流過的溪水。學生剛說完他慘綠的青春歲月，溪邊的風吹著，感覺得到涼意。學生說他認同台灣，但是他不去參加入聯的路跑。認同台灣是認同什麼呢？認同政黨？認同文化？認同台灣小吃？有沒有不認同的自由？學生反駁我，認同台灣不需要理由。

　　為什麼不參加入聯路跑？學生對這個問題有些激動。他憤怒地打開話匣子，發了一頓牢騷。為什麼阿扁一當上總統的第二天不提入聯合國？入聯合國今天才開始重要，還是過一陣子就要選舉？台灣入聯合國以後呢？入聯以後經濟就會好轉？入聯以後失業率就會下降？入聯以後刮颱風，菜就不會漲十倍價錢？入聯以後治安就會變好？入聯以後美國就會允許我們也去打伊拉克？

入聯以後我們邦交國會多一點，每年給友邦的金援會增加一點？啊！入聯有比青蔥漲價重要嗎？

入聯合國一點都不重要，政府何嘗真正努力過？如果重要，怎麼會讓一尊木雕的媽祖去紐約？媽祖的娘家不是福建湄州，她會幫台灣脫離自己的娘家？

這條路，我幾乎每天都要來來回回走著，從青春年少走入哀樂中年；拓寬以後，我馬上想不起這條路原先的樣子，想不起一大排雲南黃馨在陽光下綻放的美麗容顏。景物全非，人事依舊，心靈在人事磨損中，荒蕪了。

相思樹的葉片輕輕地飄著，起風了。明年春天，這條拓寬的路會有蜂飛蝶舞，有不同面貌。

我們各自在溪邊的寂靜時空中，有著心事。學生畢業了一年仍未有謀生的出路，日子僵在那兒。我想起前兩日見面的朋友，她移居去另一個城市了，在另一個水邊，叫淮河的地方。那個叫淮河的岸邊，曾經是父親出生的所在，童年戲水的所在。朋友一家在那兒購置一畝地，闢建水塘，廣植花木，每天撈魚種菜。朋友的兒子原本可以上建國中學，卻選擇在淮河邊讀另一所競爭更激烈的中學，因為那兒有一座小山可以每天奔跑。朋友的童年與我一樣，都在澎湖海邊，她現在幾乎很少回台灣了，有另一大片天空讓她編織夢想。

而我換了一個研究室，從愛徒樓換到另一棟，門口有棵正在開花的櫻花樹。學生要幫這棟我可能使用到退休的樓取個名字，門口有草，叫草堂。或者，因為研究室門口有兩大株桂樹，取名雙桂樓。

桃花紅李花白

從大一開始，愛徒樓就與我今生的文學生涯結下不解之緣，中文系辦公室在愛徒樓。Otto，愛徒，我想起孔子與他的學生。

今天，我們自愛徒樓離開了，每個人帶走各自的書，垃圾堆有一些被丟棄的作業與許久許久前的論文。我離開我的C305室，CHINESE305。隔壁研究室的教授在拍照，拍她門上的名牌，有些感傷。其實，新研究室在對面的新大樓，距離五十公尺而已。

工人幫忙將五十箱書搬離愛徒樓時，烏雲密布，而到達一片櫻花樹的地方，枝椏上全是水珠。雨，將天空洗得澄澈，坐在新的研究室裡，可以看到窗外暢朗的世界。真喜歡研究室的天空，應該掉的葉子掉了，應該開的花好整以暇地慢慢開了。人不如植物，人該下來時還掛在上面。當季節來臨，所有的花葉，都心有靈犀，化做春泥；原來，植物從不會拂逆自然造化。

吳爾芙《普通讀者》中寫到一段話。最後審判那天，所有人都到了天堂；那些偉大的征服者、律師和政治家們前來接受他們的獎賞，等著王冠，或者英名刻在不朽的大理石上，上帝看到喜歡閱讀的我們夾著書走近，他轉過身，不無羨慕地對彼得說：「瞧，這些人，他們不需要獎賞。我們這裡沒有什麼值錢的東西可以給他們。」只有文學超越於權勢、政治之上。

站在櫻花樹下，我們擁有別人所無的快樂，悠遊閱讀之海的快樂。中島敦的《弟子》，將孔子與學生的互動寫成小說。櫻花樹開花時，我們討論孔門弟子。孔子最喜歡顏回吧？應該不是，孔子不會批評顏回，因為顏回自我要求太高，孔子不忍心罵他。如果你是老師，會最喜歡誰？我會喜歡子路，喜歡一個會挑戰權

威的子路,喜歡一個可以與孔子對話的子路;孔子因為有子路與他對話,生命中的寂寞不再那麼深沉。

在一棟已經超過五十年的小樓前,我們站在門口看著開花的櫻花樹,討論一八五六年出生的單士釐。單士釐二十九歲出閣,在還裹小腳的晚清,那是許多人已然當祖母的年齡。而單家東挑西選的是中國近代史上有名的錢家。聰慧的女子遇上一個非凡的男人。單士釐嫁了外交官錢恂,開始隨錢恂出使世界各國。

一百年前,單士釐在日本賞櫻的心情,我們似乎感同身受。

原來開花的只有一棵樹。門口一大片等待開花的樹,只有一棵卓爾不群,孤傲地在雨中綻放。世間有特別的人,也有不一樣的樹。

桃花紅李花白

故宮的外面

在國外對學者介紹自己任教的大學時，總要強調，學校走到故宮博物院只要十分鐘。故宮博物院與東吳大學毗鄰而居，故宮一向敦親睦鄰。2007年，故宮對我的意義有些不同，變得又親又近。我有一張隨時可進院內的免費參觀証，而因為東吳大學校園在興工蓋大樓，汽車要停在校園外，停車的地點通常在故宮附近，早晚要看故宮兩次，與故宮相關的事物頗引起興味。

故宮的兩側都有個庭園，也許是要模仿北京故宮博物院的御花園，只好找兩隻天鵝鴛鴦在至善園游一游，順便讓遊客餵食一下池中錦鯉，想像一下豪門的愜意日子。也許以前御花園中，皇帝、后妃有事沒事就是要看個鴛鴦或錦鯉。兩個庭院名為至善、至德，至善園要收門票，遊客參觀故宮照例也要進去走一下，不參觀故宮的人則是帶小孩進去餵食錦鯉，每個小孩照例要大叫幾聲：好大的鴨子、好大的魚。至德園在離東吳較近的一側，不收門票，看來像是無主的，常常不見人跡，可的確是個乾淨簡單的園子。

讓人驚訝的是，初春的梅花已經綻放，站在公車站牌旁邊，就能見到臨馬路的至德園內點點的白色小花在冬陽中閃爍著，真

美。鳴按喇叭聲的台北人忙著趕路，旁邊是一間連鎖的超級市場，偶有老太太提著一罐洗衣精或捧著一隻冷凍的土雞走出來，那幾棵梅樹於忙碌的、盲目的凡塵人間似無意義。

然後，有個抱著小提琴的女孩走過，她停下來，與我讚嘆了一陣小小的純白的梅花。抱小提琴的女孩走進了超級市場的大樓，她應該是音樂系的學生。我研究室的前面原來是音樂館，音樂館拆除了，現在正蓋另一棟新樓，已經蓋了五、六層了。原來的音樂系師生租借超市的樓上上課，有時，我總會見到有人夾著樂譜或背著大提琴從十字路口經過。

公車緩緩停靠在寫著「東吳大學」的牌子下，車身上有故宮的廣告，二月初，故宮推出「大英博物館二百五十年收藏展」。展品中大都是大英認定的鎮館之寶，從舊石器、美索不達米亞、埃及、古希臘、羅馬帝國跨越到文藝復興和近代歐洲，種類包括雕塑、繪畫、珠寶到陶器等。這則新聞讓我想起多年以前，在英國參觀博物館時，只有大英博物館不收門票。或許，博物館內的文物全是從世界各國巧取豪奪來的，不好意思收門票。

記者說，這次的展品「不見中國文物，因為最珍貴的中國文物收藏皆在故宮。」其實，大英博物館收藏的中國文物也不少。聽說故宮一心想要爭取大英收藏的畫家顧愷之的名畫「女史箴圖」展出，卻未能如願。其實之前大陸也嘗試要借展，被大英婉拒。有時候，孩子送人，生父生母就見不著了；何況，有些孩子是被偷或被搶走的。朋友說，不管如何，那些流落在外的文物都受到珍藏禮遇總是好事，難保在自家人手裏會被糟蹋。這是一種阿Q精神。

桃花紅李花白

朋友從國外回來，一道吃午飯後，到故宮附近的林子裡閒逛，我們各自談這些日子的心情。他剛進一所體制並不健全的大學教書，天天愁眉苦臉，幾乎要憂憤成疾。憂憤成疾，並非每個人都可以像總統候選人一樣去閉關搞神秘，朋友說，心情壞到極點還是得強顏歡笑，面對許許多多茅塞不開的學生。

　　朋友說他們系的主任在新生訓練時自誇學問是全台灣數一數二的，從大一時就是全班第一名，他的學問做到頂點了，沒有書可讀了，當系主任最適合；台下學生聽了第一名的主任的歡迎詞以後全在挖鼻孔，按照留學德國的新聞局長的詮釋，那叫嗤之以鼻。朋友抱怨，系主任要檢查老師改的作業，作業改的好壞要當成給課的標準。朋友在系務會議上問得義憤填膺，檢查老師批改作業算不算侵害教學自由？系主任改的作業要給誰檢查？他不給學生出作業？或是，學生的作業他不批改？

　　十月，故宮路的分隔島上插滿國旗，插滿有些百姓不喜歡的國旗。世界上很少有一個社會像台灣，有些人什麼都不做，每天只想改國號改國旗改國歌改機場名。這是一個荒謬的社會。能力或學問被質疑的人也會撈到一個位置，盲目的民主社會，大家閉著眼睛投下一張張廢紙。

　　我突然想起父親，他一輩子都在小學教書，以前，負責檢查作業的是，學校工友。啊！系主任為什麼只想做工友的工作？他應該領工友的薪水。朋友苦笑著。

　　朋友說，系主任每次會議的提案全想整人，什麼學生反映不好、課堂問卷分數不高的，他就放話說要約談、警告授課的老師。這算不算是涉及恐嚇？助理教授、副教授都只能仰他鼻息，

否則不用想升等，因為外審的名單全是他決定的。其實，系主任的評價是系上最差的，還有人對他潑過糞，他的課堂問卷分數也最低。有什麼辦法呢？他大權獨攬。總想獨攬大權的人基本上都避免不了有人格上的委瑣，他有自卑感嗎？朋友問。

　　我不停地安慰朋友，任何一個位置都不可能到地老天荒，總會下台的。這樣的人很悲哀的，滿腦子只想控制人，他的人生有什麼樂趣？教書的人不能獲得學生的信賴尊敬，他一生的工作都是枉然。何況，一定是朋友的能力讓在上面的人有不安全感，才會遭忌惹麻煩。

　　我問朋友，別的教授都沒意見嗎？也有意見，但是不願意表達，或是不敢表達。一直聽命於人的人早忘了他有自主能力，當丫鬟的人即使當家做主，還是丫鬟的行為模式。

　　有一張隨時可以進去故宮參觀的參觀證，我們去看了一下八大山人的畫作，八大山人身為王孫，即使貧困顛沛到癲狂，他仍是有富貴氣，他是畫壇的帝王。

　　朋友說，這個故宮博物院有點意思，住裏面的不是帝王，是一些原來被帝王討厭的人，而帝王早被歷史遺忘或遺棄了。他很阿Q地笑了。

桃花紅李花白

我們什麼都不缺乏

　　L生了重病，要切除惡性腫瘤，要長期化療。他的人生在瞬間停頓下來，回來生命最原初的狀態，每天就是注意吃飯、睡覺，要吃得健康，睡得安穩飽足。L從年輕時就隨時鞭策自己，一直勇往直前，要努力爭取好的高的職位，要站在所有人的上面。

　　L原本在婚姻外有紅粉知己，甚至利用他的職權酬庸人事，謀取好處，也鬧過離婚，也被質疑過濫權。L仍然我行我素，好官我自為之，一概不放在心上，直到他身心都出了問題，睡不好，生了病。人生，有了不一樣的詮釋。

　　每天十點前就就寢，天一亮就起床，他吃什麼玄米飯、五穀飯，吃自種的芽菜，什麼佐料也不放，日子，不甜不鹹不酸不辣。人生，什麼都能爭，但是爭不過上帝，他說。

　　上帝在向他索討他浪擲的歲月，他努力在與上帝討價還價。人生，不會有地老天荒，愛情，更不會到海枯石爛。L說他徹悟的太晚。

　　曾經，在一個自以為傲人的頭銜位置上，L疑神疑鬼地，認為同事都虎視眈眈要搶他的位置，他不斷找機會壓迫、整肅敵

人，結果，那些所謂的敵人過得逍遙自在，根本沒人在意他的頭銜，他一病，空缺竟無人要遞補，所有人都推拖，表示有另外的生涯規劃。

L在罹癌前有一張身心障礙卡片，醫生說他有輕微的被迫害妄想症。他常常在凌晨三點打電話給親戚朋友，說他快當院長了，一出門，大家會喊「院長好」，聽了心裡會感到很舒服。

我在一個公園的入口處見到L，他的臉色不錯，披著袈裟，剃度快一年了。他說他後來發現生命應該有不同的方式。腫瘤還在，還要化療，卻什麼也干擾不了他，掉頭髮剛剛好，他早就剃度，沒有差別。

與L道別後，我完全想不起他以前的樣子，開進口汽車，飛揚跋扈的神情，三句兩句話就談到他最近賺了多少錢，買的股票漲了多少；說話時永遠是教訓人的口氣，或者暗示同事不要忘記他給的好處，要記得回報。

我站在一棵正在掉葉的槭樹下，想著馬奎斯《迷宮中的將軍》，將軍要將一部分遺產給僕人，僕人婉拒，他說了一段經典的話：我們一向都很貧窮，什麼都不缺乏。也許，我們什麼都不缺乏，我們一向很富有。我們一向都很富有，所有的東西都是上蒼額外的恩賜。回到原初的狀態，我們需要的生活多麼簡單，吃一口飯，睡得安穩，小草小花，小山小河。L說他不是出世而是入世，他現在才真正進入生命的核心，擁抱人世。

讀到艾未未的一段話，他提倡誠實、簡樸，充滿個人樂趣的生活，認為所謂中產階級的生活其實是最無聊的生活，就像一個既定程序，平時拼命掙錢，週末拼命消費；擔心房子、汽車、醫

桃花紅李花白

療保險和納稅；追求品牌、追求時尚被看做進入社會的標誌。艾未未說：「這是一種不自信。」

天雨粟

神農之時，天雨粟，神農遂耕而種之。

《拾遺記》這本書寫得更有趣，說是炎帝（神農）時有一隻朱紅色的鳥，嘴裡銜了一株九穗的禾苗，飛過天空，穗上穀粒墜落在地面上，炎帝便把它們拾起來，種在田間，以後便長成又高又大的嘉穀，人若是吃了這嘉穀，不但可以充飢，還可以長生不死。神農時天上降下的粟種，如今長在太麻里排灣族部落。

我去太麻里看粟米的收成。撒布優部落的頭目在田間趕小鳥，驚鳥板叮噹做響，與頭目戴在頭上的長羽高帽子相映成趣，頭目說，趕走了小鳥，他要去參加婚禮。

小米要收成了，最怕小鳥來吃，為防收穫受損，小米田中有各種嚇小鳥的方法，各家也有稻草人，卻似乎只是裝飾好看而已，有個小女孩在旁邊插嘴，小鳥很聰明，他知道稻草人是假的。頭目說，小米結穗期間，他們要在田間小屋中看一個月，白天時帶著驚鳥板，看到小鳥就搖竹板相擊出聲來嚇小鳥。驚鳥板有如說書時用的竹板，我站在小米田邊，與頭目各自玩著手中的驚鳥板。小鳥似乎也不怕驚鳥板，每家都以竹竿搭了一個架子，架上一條繩子綁著空的啤酒罐、可樂罐，鐵罐中放有許多小石

子，繩子拉到人坐的小屋邊，一個人整天照顧小米田。啊！小鳥不要來。

傳說中，排灣族人到天上取小米、芋頭種子，將其播種土中，這是小米耕作的起源。當時一粒小米就能使四、五人飽腹，因此人們外出時各自把數粒小米藏在食指指甲間而行，當其用餐時，取一粒烹煮，便成為滿鍋的飯。

的確，小米是天上來的，頭目的小米比任何一家都要飽滿，好像一粒小米可以煮一鍋飯似的。

我喜歡耕種小米的神農，神話中的帝王造就了黃金時代。畢竟那是神話，電視上演的才是真實，蘇貞昌下台了，接行政院長的人是張俊雄，啊，他不是當過行政院長嗎？敗軍之將，愈挫愈勇，被台北市民拒絕的人當總統，被高雄市民拒絕的人當行政院長。我已經想不起來張俊雄上次的行政院長位置丟掉的原因了。官位，從來就不會是地老天荒，能夠地老天荒的是，神話。

神農之時，天雨粟。國泰民安，小米如雨下。我願意在太麻里的排灣族部落，不願回來。

相逢在黑夜的海上

身邊的朋友、學生接連病了，或嚴重或輕微，總之有些棘手，感同身受之餘，痛定思痛，決心要善待自己一些，第一件事就是不超時工作，準時睡覺。

因為每天都體力透支、腦汁絞盡，一上床貼到枕頭就進入夢鄉。沒想到睡過一陣後，凌晨就醒了，不是三點就是四點，在窗外鳥聲啁啾中清醒，難不成也要起來吃蟲？

早睡的好處還未享到，卻引來早起的苦果，竟然兩點就醒，翻來覆去，橫豎睡不著，想東想西，想起在日本淺蟲溫泉的海邊，第一次吃如玉米般大小的無子甜葡萄；想起找不到民宿，睡民宿的餐廳；想起火車經過仙台，經過魯迅留學的城市，想起在北京的孔乙己酒店吃飯。想起有一次的情人節，送初識的男孩一束花，男孩不知所措，將花以報紙包裹，塞在自行車前的籃子裡。腦子溫習二十年前、十年前或兩年前的往事，益形清醒，再無睡意，索性到窗前看燈去。

外面是陽明山仰德大道上的燈火，那一大片豪宅中的有錢人此刻是不是睡得很好？我一一想起身邊的人，哪些人現在與我一樣，正為失眠所苦？

小青可能睡不著？嘉嘉可能睡不著？他們兩個都有吃鎮靜劑的習慣。與小青相見的口頭禪常常是：最近睡得好嗎？換來的似乎常常是無奈的微笑。

　　那樣浪漫的青春，卻莫名的為失眠所苦。失眠，遺失的黑明珠，是否可以輕易找回，擁抱著，感受到生命無與倫比的香甜。

　　有一晚，接到一個研究生的電話，他在台中，睡不著，老師，怎麼辦？我過得好累好累。他低低在那一頭自言自語著，似也不理會有否反應？男孩長久以來，愛情路上不順遂，進出過醫院，習慣來我這兒訴苦。低語在黑夜的山坡上顯得哀傷而淒切，不遠處另一個山頭的燈火如同往常亮閃著，明天陽光還會照在那些建築物上。黑夜令人痛苦，在不眠的時光中，覺得自己要熬不過去了，怎麼辦？

　　電話持續了三個多鐘頭，我覺得自己斷斷續續睡著過。親愛的同學，老師也是要下課的，明天早上十點再打電話給我，我會告訴你，錢穆故居旁的橘樹開了白色小花，橘花真美。好了，去睡吧！明天再說。

　　男孩一直記得我說的，我們只在意身上的一點小傷口，覺得真痛，不停地去放大那個傷口。別人的千瘡百孔，我們看不見。我們身上的傷真的有那麼痛嗎？

　　往事，回來，又走了。

　　短暫的凌晨清醒後，我又補了短暫的回籠覺。

　　一早起來，出家門時，鄰居在院中曬衣服，竹竿上還放著一隻洗乾淨的絨毛白兔，兔子在陽光下眨著大眼，微笑著。

桃花紅李花白

城市的淪陷

　　從一家幼稚園門口經過，看起來像剛睡醒的女老師帶著一群小孩要上娃娃車，每個小孩背的書包上面都寫著：不要讓你的小孩輸在起跑點上。贏在起跑點，輸在終點沒關係？小孩的書包背在後面，教育部長杜正勝說背在前面比較好。如果教育部要宣導書包前背的好處，可以用三隻小豬的腹部做廣告，最好的廣告詞是：讀冊不要讀到背後去。

　　幼稚園的前身是一家書店，書店倒了換成連鎖幼稚園，不久，幼稚園的負責人財務出危機，還上了報紙。接手的是另一家標榜雙語的幼稚園。聽朋友說，幼稚園還未立案就招生，招生的名額又超過原先規定，而裡面的建築似乎也不合法規。

　　這個城市的招牌店面早晚都在變換，幼稚園的隔壁是汽車展示場，前身是牙科，再前身是賣滷味的店。人生沒有永恆，有家快餐店開了兩個月就成了婚紗照公司，拍婚紗照送銀婚金婚鑽石婚，永久有效，就算婚姻可以持久，公司也會很快倒閉；有人拍了婚紗照，婚禮還未舉辦，婚紗店的負責人已捲款跑了，電視畫面上，許多付了款拿不到照片的人在抗議。快餐店開了兩個月真不容易，他們賣的東西全是調理包，連微波後都還是冷的。唬弄

了半天，比在便利超商吃的午餐更沒創意。二十一世紀開始，台北城的一大特色是，不管是小店面或大公司，淘汰的速度都很快。

你與朋友在臨溪路的剛開了三天的咖啡店喝咖啡，咖啡店的前身修理機車，修理機車前是洗衣店。朋友嫁了個上海來的聲樂家，姓馬，生了兒子後，她堅持兒子要取名馬奎斯。其實，她兒子原來要取名馬爾克斯，那是大陸的中譯姓氏，取四個字的名字別人印象比較深刻，中國人單名的太多了，她說。她不停地罵戶政事務所，辦事的小姐問：妳先生是外國人嗎？馬爾是複姓嗎？都不是。去了三次，還是不行，只好用台灣的中譯，叫馬奎斯好了。以後我就是馬奎斯的媽媽，朋友高興地說。讀過馬奎斯的小說嗎？沒有。讀哲學系的朋友說，馬奎斯得過諾貝爾獎，希望以後馬奎斯的爸爸也得諾貝爾獎。

朋友好像在說冷笑話，你突然覺得人生的荒謬。隔桌喝咖啡的女人在讀報紙，她拿下眼鏡，將報紙舉得遠遠的，仔細地端詳，有個大公司又被檢調搜索，報紙另一版，負責人正與政府高層歡晤。你打開筆記電腦，現在有許多關鍵字：搜索、約談、掏空、內線交易、行賄洗錢。

臨溪路上的一棵樹，每年深秋，葉子全掉光，一片不剩。植物尚且知道落下，葉落有一分優雅，一棵樹竟無一片葉子執意不落，人還比不上植物，該下台的人往往更要鞏固他的位置，唯恐被人逼下臺，當然他是絕不主動下台的。葉子悉數落光的樹，身上竟開出一串紫艷的花來，是蒜香藤爬到他的身上，坦然地開

桃花紅李花白

花，樹竟默許，讓光禿的身軀成就另外的美麗。路過的人，往往一陣驚嘆，好漂亮，真神奇。

星雲大師勸陳水扁總統不要戀棧權位，戀棧位置當然不限於政界，連學術界都不能免，我認識的教授已經當過兩屆系主任，卻又運作佈署第三屆，而全校師生爭議聲中，抬轎擁戴的人仍投票通過。毫無原則投贊成票的教授固然可議，令人不解的卻是，一而再再而三只想主任位置不想教學研究的教授，不能知所進退，將學術界當成權力競技場。

馬奎斯的媽媽有滿腔悲憤，她說高官權貴窮得只剩下錢，而現在無知不過博士，無恥有如教授。

整個下午，你與馬奎斯的媽媽一起參觀故宮，看北宋汝窯，看介紹宋徽宗的影片。影片中有人在介紹宋徽宗，講解者是一個內閣閣員的妻子，你很努力要聽懂她的話，始終無法如願。宋徽宗完蛋了，馬奎斯的媽媽突然嘆了一口氣。

人足獸鋬匜

　　故宮院藏的青銅匜形器據稱有二十八件之多，鄭義伯匜、曩叔匜、王子匜、魚鳧圖匜等都極有名，而最被稱道的是一件人足獸鋬匜。

　　人足獸鋬匜以形體碩大的巨耳獸當鋬手，前腳攀附在匜的口沿上，探頭入匜，而支撐匜的四足是四個裸體的男性人形，兩手交握，兩耳穿洞，是中國藝術中少見以裸露人形為題材的。

　　故宮的匜一向頗引人注目，它的造型與現在吃沙拉時裝沙拉醬的容器很像，橢圓形的身體，有鋬可拿，有流口可注，在古代是一種裝水的容器，而這種水器常是在祭祀祖先神明時注水洗手用的。也唯有祭祀神明才需如此慎重，將一個沃盥的水匜鑄造得如此複雜而講究。

　　有些青銅器上有文字，青銅器上的金文不像甲骨文那樣有許多名稱，但也有不同的叫法。上課時，我總遙想故宮門口複製的毛公鼎，真重，一九四九年，怎麼從北京故宮搬到台灣？青銅器包括禮器、樂器、兵器等，其中以禮器的鼎和樂器的鐘最有代表性，所以青銅器上的文字稱作鐘鼎文。青銅器上的文字由鑄刻而成，文字又叫青銅器銘文。殷周兩代都十分重視祭祀用器，用作

祭祀的青銅器被稱做彝器，上面的銘文被稱做彝文。金文內容不出祭祀、征伐、訓誥、賞賜、盟誓、契約等國家大事，於是，這些青銅器尤其是鼎器也就成了鎮國之寶，垂涎大位的人很多，就說「問鼎」的人很多，這些人可不是想烹飪煮飯。上課時與學生講述，學生最記得毛公鼎。

古代的貴族死後，常以青銅器殉葬，所以埋藏在地下的青銅器很多。啊！陪葬品越多，身後越難得到安寧。

而依據容庚先生在《殷商青銅器通論》一書中的說法，光禮器就可分為四類：第一類，烹飪器，有鼎、鬲、甗等；第二類，盛食器，有簋、敦、簠、豆等；第三類，酒器，有爵、斝、觚、觥、尊、壺、角等；第四類，水器，有匜、盂、盤等。在參觀故宮時，我們其實對這些青銅器的名詞用途都很陌生，先看英文說明也許還容易了解一點。日本人保有許多中國早期的用法，豬年來臨前去日本開會，在一個小鎮的小商店閒逛，賣的紀念品大都是一些小陶豬，我就發現有個小玩具取名「豆亥」，木製的小容器中一隻豬。如果查字典，會發現「豆」字的原意是裝祭品的容器，在西安半坡出土的陶豆，像一個陶製的木臼，極古樸典雅。裝祭品祭神的容器一定要慎重，那是對神的尊崇禮讚。

國外的朋友到故宮參觀後，埋怨買不到有特色有代表性的紀念品、複製品，能買的都屬有如地攤見到的翠玉白菜小玩意兒。他們最中意的是什麼呢？可以將懷素自敘帖或東坡寒食帖做成布袋嗎？或者，將人足獸鋬匜做成放沙拉醬的容器？

我印象深刻的文物不是翠玉白菜，青銅器中的首選也不是毛公鼎，是那個人足獸鋬匜，四個裸體的男性奴隸當匜水器的支

桃花紅李花白

柱。不知為什麼？那四個頂著沉重匜器的卑微奴隸，像是有生命的，他們活生生被鎔鑄成青銅器，一臉是驚恐。

至善路上孤獨的自己

　　四月一開始，有幾天假期，校園中的人都走光了，在悠閒愜意的情緒下，我欣賞新綠的山景在春天的雨霧中如奇幻片忽隱忽顯。學校外面的至善路上，木棉花在雨水中開著，漂亮的橘色花蕊遠看去，像似枝幹上掛著紅柿果或鮮美的橙柑。

　　二十年前，也是一個春天，老師從日本回台北任客座教授，有幸成了他神話學課程上的學生，也因此進入神話學的殿堂。「悟也就是指一種思想上的飛躍和突破」，想起二十年來，與老師或在台北喝茶，或在往淮陰的路上，或在福岡微雨的午後，聆聽他對學術、對人生、對情感的感悟。

　　為了要收拾凌亂不堪的研究室書架，在除夕時又到學校一趟，拎走幾袋書，書架上仍是滿的，還是有許久未見的書滑出來，猛然一見，驚詫不已，原來書中還有一張二十年前的日記紙片，寫一段早思索不起的心情。

　　每天花在找書的時間都比讀書多，好不容易找到一本書，卻已忘了找書的初衷；或者，東翻西翻的，根本忘了要找的書是哪一本？在讀書、寫作的時光裡，覺得自己像流浪的孤魂野鬼，穿梭在每一個不安的居所，與許多高貴的靈魂對話。吳爾芙在《普

通讀者》一書中說，追求讀書之樂是值得的，當世界審判日最終
來臨，那些征服者、律師、政治家到上帝前面領取他們的獎賞，
領取王冠、桂冠或永久刻在不會磨滅的大理石上的名字。萬能的
主看見我們夾著書走近，祂轉向彼得不無歆羨地說：我們這裡沒
有可以給的獎賞，他們什麼也不需要，他們熱愛讀書。有權勢的
人不管生前死後都要獎賞，而閱讀的人只有孤獨，連死後的審判
日也不奢望或不憧憬獎賞。

　　朋友說，今年生肖屬豬的犯太歲。本命年，一定不好嗎？有
一個今年本命年的朋友可不想那麼多，他辭掉醫院的門診去雲南
怒江義診，在雪地中走了三天，為沿路有如仙境的風景陶醉不
已。去那麼遠連汽車都難到達，寂寞嗎？人的寂寞分遠近嗎？在
台北難道就不寂寞？

　　臨溪路右轉至善路，此刻，這條路只屬於我一個人，沒有其
他車輛，沒有行人，只有滿地散落的楓樹枯葉，紛飛著。紛飛的
枯葉中，我停在十字路口等紅燈變綠，一個剃光頭、赤腳的女人
正在翻找路邊的垃圾桶，她找出一瓶未喝完的「保利達B」和半
個漢堡。我不知怎麼想起魯迅〈祝福〉中的祥林嫂，她見到任何
人都訴苦，訴苦她被狼叼走的孩子，痛苦被反覆地咀嚼，只成了
渣滓，在大家準備福禮拜神的春節熱鬧氛圍中，可憐的祥林嫂被
逼上絕路。

　　車子經過故宮前的十幾層豪宅建築，所謂的豪宅一戶動輒
三千五千萬，聽說有些上流人士、社交名媛住裡面。看報紙才知
道，原來社交名媛就是穿名牌衣服、拿名牌皮包的女人。豪宅前
面有賣烤香腸的、有賣棉花糖的，我下車買一分報紙，被騎樓的

桃花紅李花白

檳榔攤小販大聲嚷嚷嚇了一跳，有人經過碰掉了一罐烏龍茶，於是我呆了一下，看他們兩人吵架，用閩南語罵粗話。優雅的閩南語，讓人想起漳州人林語堂，可現在的閩南語動不動就出現林貝、衰小等粗話髒話。報紙上，一個父親為了小孩的年夜飯去搶兩千元被逮捕。

　　回到家，除夕夜了，我開始準備小孩要吃的年菜、零嘴，心中一直想起為生活鋌而走險的那個父親。窗外，是冷清的街道，而一大疊等待被閱讀、被詮釋的小說集子攤在面前。

東四四條

　　去北京旅行，本為了賞一場冬天的大雪，無奈因全球暖化影響，北京日日陽光普照，毫無下雪的徵兆。停留北京的悠閒時光中，只是對著早已結冰的故宮護城河發呆，習慣台灣溫暖氣候的身體不堪嚴寒的入侵，圍巾、毛褲、毛襪、手套、毛帽、羽絨衣，裹得全身密不透風，結果，乾燥的皮膚起了疹又脫了皮。

　　旅行，是為了歸來的脫胎換骨，是為了一個全新開始的美好憧憬。否則，難道不是為了給自己罪受？住的東四四條旅邸在網站上謊報是紀曉嵐故居，根本不是。出身漢族的紀曉嵐不能在滿人當權的故宮附近有宅院，應是可以理解的。東四四條一出來就是朝陽門、王府井大街，到天安門很近，到故宮也很近，朋友甚至走路到天壇，又走回來。大概不會是什麼紀曉嵐的故居。我們到的第一天，房間地板全是灰，還未打掃過，洗澡水洗了頭就不能洗澡。第二天，電力供應出了問題，暖氣消失，凍得睡不著；而屋內的燈原本昏暗不宜讀寫，這下更是漆黑一片，外頭有月光，也許該在零下五度的深夜去銀杏樹下讀卡爾維諾的《阿根廷螞蟻》，書是剛在王府井涵芬樓書店買的，定價是人民幣十四元。卡爾維諾的書比在麥當勞吃麥香雞餐要便宜五塊錢，然而，

大部分的人都去吃漢堡，而不想買卡爾維諾。月光下的銀杏樹剩下兩片堅持不願凋落的葉子，好像可以遮蔽嚴寒。

其實，被東四四條誑了一場，學過斷句的中文系師生有些北京人說的傻冒習性，一行人搭車找不到四十四條，司機說只有十條，鬧了半天，把行李箱輪子都拖掉了，才知道訂的旅館是東四的四條，在三條和五條間的一個小胡同裡。走過乾麵胡同、禮士胡同，燈草胡同中有梅蘭芳故居，這幾個胡同在東四南大街，四條在東四北大街上，北大街上有錢糧胡同、魏家胡同、香餌胡同，還有孔乙己酒店，進去裡面吃了晚餐，才發現魯迅小說中的茴香豆是一盤蠶豆。客人很多，不知道是否都讀過魯迅的作品？

幸好，北京大學未名湖上還有一點積雪，大夥不只在上頭滑冰滑得流連忘返，還打雪仗、堆雪人，總算補償未見大雪紛飛的遺憾。

兩個月前在日本開會，挨到最後一天仍是找Starbucks去吃早餐，喝一杯久違的咖啡。到了北京，習性不改，兩三天就要喝一杯熟悉的咖啡館中的咖啡。不論到哪裡，我們似乎都以自己熟悉的方式去看異地的生活，旅行，難道是換了一個地方喝同樣的咖啡嗎？或者，像我的老師一樣，不管在北京或上海，都要喝台灣的烏龍茶，那比頂級的黃山毛峰或西湖龍井都要貴幾倍。想起在柏林的那一次，睽違台灣一個月以後，因為在黃昏的街頭見到幾十層高樓上的大同電鍋廣告的情緒，幾乎要喜極而泣，如見親人。

桃花紅李花白

離開北京時，東四四條的天空是大雪前的霧茫茫光景，氣象報告說一定會下雪。手上拿著一本晚清學者遊歷歐美的日記，我與康有為、容閎、單士釐一樣，都在旅行的路上。

在北京胡同中讀阿巴斯

　　伊朗導演阿巴斯有一部電影的片名叫「隨風而去」，這是詩人Farrokhzad的一首詩的題目，當然，我們了解阿巴斯是真喜歡這首詩的。

　　唉／我的小小一個夜／
　　風與樹上的葉子有約／
　　我這一夜都在擔憂凋零

　　任教的東吳大學的圖書館藏有阿巴斯的許多影片，反覆看過他的「白汽球」，總要感動得落淚，劇中小女孩在新年出門買金魚的辛苦過程，似預告每一個人生往前走的荊棘與驚喜。而阿巴斯相當自豪他的詩人身分，自言他想到詩的寫作比電影藝術更早，認為詩更能「捕捉到生命中短暫但更重要的瞬間」、「以某種方式讓那些熱情或者痛苦的時刻變成永恆」。

　　阿巴斯的詩集名為「隨風而行」，詩作中最多的是有關風的描寫，連波斯文都似乎像風行雲飛，有視覺美感與哲學冥思，每日，我翻讀他對有缺陷的人間領悟後的帶淚謳歌。

風刮斷了／大樹一百／

從小苗上／只摘走／

樹葉兩張

　　住在北京東四北大街的胡同裡，沒有雪景的嚴寒冬季，我走
過孔乙己酒店、梅蘭芳故居、程硯秋故居，從台北出發到北京的
前一天，報上有頭版新聞，《伶人往事》被禁，引得海內外華人
作家一致聲援作者章詒和。書終究還是開禁，北京的書店中，章
詒和的作品擺在醒目的位置。經過金魚胡同時，有兩個胖女人正
以純正的京片子吵架，夜漸漸濃了，沒有帽子覆裹的頭凍得難
受，我回下榻的旅邸繼續讀剛買的阿巴斯詩集。

秋日午後／無花果樹葉／

輕輕落下／

停在／自己的影子上

　　我抬頭看到立春第一日北京的冬夜，鵝黃的月亮在只剩兩小
枚枯葉的銀杏樹梢頭，地上有斑駁的樹影。

墓地／覆滿了／積雪／

只在三塊碑石上／

雪正融化／三個年輕的亡靈

桃花紅李花白

與朋友在安定門外東河沿的一家餐館吃飯，進門時見到一個老先生起身要走，他是一個三零年代作家的兒子。老作家在生前一直是諾貝爾獎的熱門人選，終究未得，卻在六零年代的北京投水死了，身後殊榮澤及後人，兒子不是作家，沒有作品，卻是海峽兩岸皆知的名人。

　　　黑衣的送葬隊伍裡／
　　　孩子／無忌地盯著柿果
　　　火車嘶鳴著／
　　　停住／蝴蝶在鐵軌上酣睡

　　住的小旅邸是所謂名人故居，浴廁中的污水因為設計不良每天淤積，讀阿巴斯的詩集，我忘了現實人生的不潔，腦中只有一片淳淨的靈動的人世美麗。

遠遊

　　在臨溪路70號的研究室內讀一本《追憶》的書，作者叫宇文所安，一個企圖再現中國古典文學往事的西方人。我讀到書中一段話：所有的回憶都會給人帶來某種痛苦，這或者是因為被回憶的事件本身是讓人痛苦的，或者因為想到某些甜蜜的事已經一去不復返而感到痛苦。

　　我闔上書，到劍潭捷運站搭車往忠孝東路去看一個多年未見的朋友。站在十字路口等燈號變換時，一抬頭，眼前幾節捷運車廂緩緩經過。一些楓香的葉子落下，枯黃的葉。台北的什麼楓香三角楓之類，很少紅豔徹底，有時還未落下已經乾枯，與兩個星期前在日本看的楓葉不一樣，舖地舖天的全是鮮紅欲滴的小葉片，隨便從泥壤中拾起一葉都似充溢飽滿的殷紅。在陰暗的春天不來的台北天空下，我一直想起已經遠遊的你。

　　我記得秋天來時，搭捷運要回我們都曾經有青春眷戀的外雙溪，你曾經也在那個溪畔有一段不能言說的纏綿嗎？車子停在劍潭，望著窗外，驚訝地看到下方不遠的攤販集散的馬路旁，正在選圍巾的你。我一直未向你求證，二〇〇六秋天剛來時的士林街上，那是你嗎？此刻，過馬路的我，突然想起，你會不會也正在

車廂中看到我？或者，那一次看的並不是你，會不會是一場夢境呢？我幾乎想不起你有否描寫夢境的文字？

許許多多過往的聯結幾乎全圍繞著寫作與閱讀，我們討論李銳的小說，討論你寫的關於死亡的作品，而你不吝惜誇獎我寫的〈安魂曲〉的小文，是的，你說，文字是最無能為力的一種告別儀式，只為死者安魂，生者魂安。我曾經遇過一位教過你課的教授，他以為你是中文系的，而我也幾乎忘了你與我討論傅柯、海德格，你是哲學系畢業的。

有時，你來我研究室聊天，有時我們在電話中互爆文壇學界的緋聞八卦，笑得不可抑遏，最後照例總要為彼此道德上的潔癖唏噓哀嘆一番作結。好像就是那樣了，你離開臨溪路到嘉義又回台北，話題還是一樣，隔一段時日，在電話中聽你細訴編書的種種，也聽你偶爾揶揄我時大笑的聲音。《告別的年代》，我們不知道那就是你決意要遠遊了。

死別是最徹底的告別形式吧，這些朋友，頂多生命走到一半，怎麼就走不下去了？因為上天比較疼愛他們。最後走的人，必須關燈。留下的人，必須落淚；必須接受功課，學會承受離別帶來的苦，或者不苦。

我要感到憤怒嗎？遠遊的你，再不會老去，當我們這一群人都滄桑老去以後，你孤傲地，不願進入中年。所有在神域仙界的人都不會再老，難怪遠遊的人從不再歸返。原來，上天比較疼愛你，人世間的牽扯不敵上天的橫奪，你忻忻然遠遊。一路平安，親愛的清志。

佛慈悲

　　十二月陰雨的天氣，研究佛學的教授朋友與我走進故宮，他有心事，走在臨溪路上，眉頭始終皺著。我們主要去看一個佛像展覽，原本是旅日華僑彭楷棟先生所捐贈的金銅佛像特展，聽說總共有三百多件。

　　彭先生是聞名世界的金銅佛像收藏家，他收藏的佛像涵蓋中國、日本、韓國與印度、巴基斯坦、尼泊爾、喀什米爾及西藏，也包括緬甸、泰國、柬埔寨、印尼，佛像的製作年代則最早可溯到三至四世紀，而延續到十九世紀。看這樣的展覽對原本是佛教藝術門外漢的自己，都不禁對亞洲各國的佛教藝術有一個粗淺的印象而深深地被震懾、被感動，似乎蒙受了諸菩薩莊嚴寶相的照護。

　　好像每次都會注意到或站或立的救八難度母佛像，度母是最重要的女性菩薩，一向被尊為神奇的救世主，拯救所有受苦受難的生命，一直被尊為佛陀的母親，常常會與觀音菩薩同時出現。據說度母有二十一種不同樣貌，表現仁慈與忠誠的是常見的綠度母與白度母，我見到的度母雙肩各有一朵藍蓮花，左手拇指與食指相接呈現「來迎印」，右手手掌打開結「與願印」，腰部以上裸露，身穿摺裙，面容端麗慈祥。

深深撼動我們的是那尊尼泊爾的因陀羅受刑像，因陀羅趺坐著，滿足地將雙手水平伸展，似從容代芸芸眾生所犯罪業受刑。我靜靜地站在因陀羅受刑像前，不停地揉拭似有水霧的雙眼。言語只是多餘，那就是神佛菩薩的無限慈悲了。觀音菩薩或十一面，或四臂或三面二十二臂，人世的苦難災厄如此多，難怪菩薩需要千手千眼才能兼顧周全。

　　同行的朋友要我注意佛像的背面，韓國的佛像的背面在頭、身的地方幾乎都是空的，有的背後是平整凹塌的，那些情況在觀看的人是覺察不到的。也許，菩薩的千手千眼或三面二十二臂，或四面或十頭，正是要告訴世人，不必太拘泥皮囊形軀，菩薩就是菩薩，我佛慈悲，色即是空，空即是色。

　　吳哥寺有石雕梵天頭像，是常見的四面佛形象，以四面來表現對人間的無限觀照，在無限觀照中，梵天的每張臉都蕩漾著溫柔笑意。朋友說，我佛慈悲，從不是為了成就自己，拋棄我執，生命自無掛礙，他的眉心舒展開來。

　　我想起另一個也在學術界的朋友，研究室許多書，最讓人動容的是一尊菩薩頭像，說是喜愛藝術的妻子手塑。我去朋友研究室時，每每捨不得將眼神移開，菩薩的慈眉善目是人世最溫柔最巨大的一股撫慰力量。

　　有一年秋天在日本，從福岡搭火車到太宰府車站，走路到天滿宮，天滿宮有名的梅花還未開，正是楓樹的季節，紅葉極美，銀杏樹的葉子都落光了，一大片一大片的金黃鋪在地上。去旁邊的觀世音寺看一個佛像特別展，佛像大都是檜木所彫，高的甚至達五公尺左右，有尊大黑天立像，十一世紀時的樟木材質，說是

日本現存的最古老大黑天像。阿彌陀如來坐像、吉祥天女立像、地藏菩薩坐像，在那個幽靜的微涼的午後，日式的庭園外是幾株紅豔的楓，世俗塵囂早在九天之外，要回到現實中，很難。

是一種機緣吧！去北京時又遇上首都博物館前所未見的「西天諸神──古代印度瑰寶展」，展期才兩個月，似乎原先計畫去北京的晃蕩在冥冥中是為了看來自印度的神佛。

從安定門搭地鐵二號線到復興門，再轉一號線到木樨地站，剛啟用一年的首都博物館在復興門外大街上。

西元前一三八年，漢武帝派張騫出使西域，中國開始知道印度的相關訊息，過了兩百年後，印度僧人帶著白馬馱負的佛經到洛陽建立中國第一座佛教寺院白馬寺。過了兩千多年，一百多件古代婆羅門教、耆那教、佛教雕塑藝術精品又到中國，石雕、木雕、青銅等材質的傑作，是從西元前三世紀到西元十八世紀的文物，有的來自釋迦牟尼悟道成佛的菩提伽耶，有的來自佛祖最初宣揚佛法的鹿野苑。

在博物館展覽間看到的青銅觀世音立像仍是習見的十一面，十一面八臂觀世音像被認為是菩薩的宇宙相，在尼泊爾、日本、中國都很普遍，因為觀照眾生、幫助眾生獲得精神知識一向是觀世音的職司。梵天、濕婆、多羅女神，更讓人難忘的是石雕的佛本生故事圖、《羅摩衍那》圖，尤其是後者，大學時就讀過糜文開先生所著的《印度兩大史詩》一書，對《羅摩衍那》、《摩訶婆羅多》愛不忍釋，糜先生是我的老師裴普賢先生的夫婿，精通印度文學。記憶中長得像普賢菩薩的裴老師說她與糜先生的結合是「衣食」無缺，一姓裴一姓糜。印象中的裴老師講關關雎鳩或

呦呦鹿鳴時一臉的莊嚴寶相。也算是人生因緣，多年以後，寫傣族敘事詩博士論文時，我又重新讀《羅摩衍那》，博物館中的浮雕故事脈絡清楚，作品中表現的主要是羅摩妻子悉達被劫持前的情節。《羅摩衍那》中最為人熟知的還有神猴哈奴曼，他有舉起整座山的神力，還曾將太陽挾在腋下，幫助羅摩解救被魔王劫持的悉達。

胡適與陳寅恪都認為孫悟空是哈奴曼的分身，孫悟空是舶來品。同行的東吳中文系學生非常興奮地喊：老師，這個哈奴曼多像京戲中的齊天大聖呀！我們在首都博物館中，對著來自北印度的十八世紀石雕神猴端詳又端詳，臉頰、雙眼、口鼻，近乎真人大小的上半身，右手上舉搭在三層寶冠上，刻劃得生動又突出。我們師生共享了一個有菩薩相伴的幸福午後，福慧原是要雙修。

2007年，家人隨同去日本學術交流，先行回台北，我開始過一個人的生活。

住的大學宿舍旁正在蓋大樓，一早機器就轟隆響著，於是，我走去附近的福岡博物館，在館內靠窗的小角落寫稿子。

幾個晚上來，睡得很差，緣由家人都返台後室內的突然闃靜，也緣由朋友相繼傳來的生命不順遂情事。好友或子宮出問題，或罹患乳癌，或婚姻有變故。生老病死，貪嗔癡怨，恁是何人也免不了。

在博物館外的草坪上走著，巨大拱門前有一個大水池，孩子們在溽暑下戲水，幾個裝扮齊整的年輕婦人一旁寒暄，偶爾招呼一下奔跑的孩子。

博物館正有「鑑真和尚展」，是為了唐招提寺金堂的整修募款。海報上弟子為鑑真刻的頭像雙目是盲的，卻有異於常人的慈眉善目神情。目盲，一樣能夠觀照眾生。

最早知道鑑真是來自井上靖的小說《天平之甍》。甍，指棟梁屋脊。小說中對「甍」有一番描寫：遣渤海使小野國田守之回國，特地為普照帶回一片脊甍。這片甍原是砌於寺院大棟兩端的鴟尾，普照每次一進入唐招提寺，就不忘仰頭看看金堂的屋頂。大樑上端所砌的脊瓦，樣子就是照著自己交出的那片唐式鴟尾形狀製成的。

唐玄宗天寶十二年（753年），遠渡日本的大唐高僧鑑真一行歷經五次失敗，終於成功地在薩摩國（現在鹿兒島）登陸，正式進入日本國土，最後於天平勝寶六年（754年）三月，在奈良的東大寺落腳。

八月中的一個午後，我第三度去了東大寺，東大寺是鑑真東渡後，首次登壇授戒的地方。幾片毫不起眼的殘瓦，曾經安放日本三大戒壇（奈良東大寺、下野藥師寺、太宰府觀世音寺）的屋頂上。鑑真不僅在東大寺請立戒壇，還在奈良創建唐招提寺。唐招提寺的金堂，是日本現存的唯一的奈良時代金堂建築。天平時期的幾片瓦撐起佛光普照的人間。

離福岡不遠有個小城是唐津，是遣唐使登船的渡口。年輕的學問僧為了引進佛法和大唐文明，遠渡重洋。《天平之甍》中，普照、業行、鑑真等人終於搭乘第十次遣唐使船回日本，但在途中因遇暴風雨，業行所搭的船不幸遇難，而其花費畢生心血所抄寫的經文也石沉大海，小說中對此有深刻的描寫：經卷以極短的

間隔，一卷接著一卷沉到海底的過程，予人一種無休無止的印象，看得普照怵目驚心，不由悲痛地迸發出一種確實已無可挽回的絕望感。以後，每當普照的眼光一接觸到那一片海面，耳中就似乎聽到業行絕望的悲叫聲。小說中，一心積極邀聘鑑真赴日的榮叡，卻在第五次護送鑑真渡海的途中不幸病死，而對此事原本不那麼熱衷的普照卻在冥冥命定中完成所有人的志業，歷經種種挫折和苦難，普照與雙目失明的鑑真如願抵達日本。

　　此刻，鑑真大師由奈良的唐招提寺回到原來登岸的九州，芸芸眾生在博物館偶遇，領受佛法。

一個長得像密戈爾立頓的男人

　　你在士林捷運站前等候往外雙溪的公車，因為看到一個陌生的極其好看的男人，你忘記上車，錯過那班每小時一次的公車，你只好地久天荒地再等下去。仔細端詳仔細尋思，你終於想起，那個男人長得像智利導演，密戈爾立頓。

　　男人的臉圓如滿月，一頭烏黑的髮絲，微禿的前額，兩鬢、上唇、下巴都留滿鬍子，不經意一瞥，可清楚見到他的濃眉大眼，一臉英氣，而一身皮夾克、牛仔褲，使他特別顯得有異於朝九晚五上班族的氣質。一個那麼好看的男人，正在專注地閱讀手中的一本小書，像似翻譯小說之類的，完全無視於周遭來往的人群。

　　平安夜的捷運站門口，大家都提著包裝華麗的所謂禮物走著，有個拿LV皮包的女人抱著一大把進口的長柄紅玫瑰，大概不下50朵，而她身邊的男人穿著一件像似Burberry名牌的風衣，因為風衣與電視報導的總統五歲外孫穿的一樣，媒體正在吵總統外孫讀的童書是用國務機要費發票核銷的。拿玫瑰花的時髦女子走遠了，你看到公車站旁有個髒污著臉，長髮幾乎打結的矮小中年男人正在翻揀垃圾桶的東西。你別過臉去，不忍心再看，每次

你路過，總有不同的遊民在同樣的垃圾桶找東西吃，而遊民幾乎都是中壯年的人。

密戈爾立頓的公車也還沒來，他繼續看小說，你看到了他讀的書，是馬奎斯的《智利秘密行動》，書中的主角正是密戈爾立頓，他流亡歐洲十二年，化妝潛回智利，為了拍攝在皮諾契特獨裁統治下的智利。馬奎斯以第一人稱詳盡描述這次秘密行動，用作家的春秋之筆來襃揚密戈爾立頓的反獨裁精神。

長得像密戈爾立頓的男人閤上了他的書，注視著一個背小嬰兒的女人，似在揉拭他的眼角，他仰頭時你瞥到他眼中的水光。背小嬰兒的女人的臉有點髒，更髒的卻是覆裹著嬰兒的背巾，在寒風中，嬰兒裸露在外的紅通通小腳抖顫不停。

密戈爾立頓說，美輪美奐的市容下是一個不堪的政府。

你的車來了，坐在靠窗的位置，看著窗外又在讀小說的男子，不知他是長得像密戈爾立頓才讀那本書，還是喜歡馬奎斯才模仿密戈爾立頓的裝扮。你覺得自己愛上那個像密戈爾立頓的男人，而突然感到微微的哀傷，或者是因為愛馬奎斯，也愛長得像密戈爾立頓的男人。

洋甘菊

　　初冬季節，雙手手指開始乾燥脫皮，龜裂到有微微的痛楚，進去便利超商買了一管護手霜，牙膏狀的容器上有一朵小花，標示著成分是洋甘菊，歐洲來的。

　　洋甘菊護手霜塗抹在手背上，的確有滋潤修護效果，我真喜歡德國的東西，包括餐具、花茶，甚至剪刀，剛踏上德國的土地時，我差點衝動地買下娃娃車，路上的娃娃車精緻又典雅。難怪馬克吐溫到海德堡時，誇獎德國什麼都好，連毛毛蟲都比美國的有教養。

　　相關於德國的回憶，我免不了要想起見過兩次面的教授。他對中國文學有獨特的歐洲觀點，我不禁要說，歐美學者中，他是少見的真正了解中國文學的人。

　　在有微風的那個午後，一起行走在陽明山的暖暖冬陽下，我們談彼此都喜歡的八大山人、汪曾祺，也談我們都不喜歡的余秋雨。然後，說起彼此聽到第一個中國人得到諾貝爾文學獎時的悲傷，啊！他們早就該頒給沈從文了。甚至，他們也早該頒給李銳或北島了。

那個下午，我們一直談李銳、北島或顧城、鄭愁予。我與一個原本不相熟的歐洲人談中國現當代作家，他的國家我去過，他的妻子原在北京，我也去過北京。除此，我們就沒任何交集了，我們唯一的交集是，他熟悉我熟悉的中國現當代文學。而這些，有的中國文學博士是看不起的，在我臨溪路的那個圈圈裡，會寫文言文的教授不會想認識卞之琳、戴望舒，當然更不認識李銳和北島，他們以年代遠近來論斷文學價值，唐宋文比不上漢賦，明清小說比不上唐詩。因此，現代文學研討會的論文集，所謂的博士用所謂六朝駢文寫了一篇序。

　　年輕時也寫詩的歐洲教授充滿疑惑，怎麼有中文系一直在教學生寫文言文、對對聯？是要培養學生以後寫祭文或寫輓聯嗎？我突然有一種啟發，大學校園不是每天都在搞文創產業嗎？宣稱會寫文言文的教授一直覺得他最會寫文章，的確可以與禮儀公司合作，專門幫他們寫祭文和輓聯。

　　厚古賤今的另一種反映是自大狂，歐洲學者百思不解，每個中國人都覺得他的文章最好，就像許多中國作家都覺得只有自己夠資格得到諾貝爾獎。

　　林語堂以英文寫小說，以英文寫《蘇東坡傳》、《吾國吾民》、《生活的藝術》，戴望舒以法文寫詩，卞之琳也以英語寫詩，歐洲作家說，不懂外語的人不可能懂自己的母語。啊！有人連自己的文化都要否認，連自己的文字都要消滅，人文素養最後只剩一句「罄竹難書」而已。

歐洲人一直要同盟，而亞洲大部分地方都在鬧獨立。我冬天開始龜裂的皮膚對歐洲來的護手霜適應良好，手上的洋甘菊味道久久不散。

月光下的奇異旅行

　　在海拔八百公尺左右叫向天湖的地方，遇見許多熟識的人，有些是多年未見的朋友。仰望黑暗的蒼穹，是一輪將圓的滿月與極亮的星辰。你知道，台北外雙溪山上的家，此刻正是飄雨的深夜。

　　黃昏以後，老舊的公車進入村莊，像似柏葉幸子的一本小書，進入霧中的奇幻小鎮，那分奇幻的氛圍在宮崎駿的電影中散發出來，你在異界旅行，像那個神隱少女。

　　凌晨兩點以後，從矮靈祭脆響的臀鈴中撤退，躺在寄寓的小木屋床上，屋外一池白蓮盛開，據說要等陽光高照時才含羞睡去，知道那百朵白蓮兀自醒著，疲累的肉體突地不願沉入夢鄉，想與他們分享記憶。

　　離開台北前打電話給朋友，他說山上冰冷，記得加衣。想起另一次異鄉旅途，也是深夜，微涼，朋友讓你穿他的深藍薄衫。你記得那件薄衫，和自己微笑開心的臉龐。當夏季死時，所有的蓮都殉情。可露重霧濃的子夜已過，猶有白蓮從深秋綻放，漫漫歲月，不願睡去，只為眷戀月光。

幾年前你也來過同樣的地方，與一群陌生的人同處在陌生的世界吃山豬肉喝小米酒，耳邊的話語全是你聽不懂的。走在一條長滿芒草的小徑上，陌生的黝黑皮膚的年輕男子送給你一個好大好大的甜柿，像似聖誕夜的小南瓜，他睜著大大的眼睛端詳你，你大口大口的啃咬那個甜柿。月光下，兩個人像一對戀人，享受闇黑寂靜的空谷時光。

　　你以為再不會來了，生命有些人事有些地點，像似流逝的河水，不會再回來。而你又回轉一次，經過同樣叫東河的地方，不，即使是同樣名為東河，也不會是同樣的河水了。

　　在他鄉異界，你見到美珍餅舖賣桂花釀，你見到麗珠裁縫店在縫製桐花圖案的和服，而阿中雜貨店則在賣抽抽樂，你玩了一下抽抽樂，抽到一個神奇寶貝的吊飾。啊！你恍惚之間回到童年，母親帶你去跨海大橋榕樹下參加廟會的情景，月光灑在海面上，所有的仙子會凌波前來。

　　飲完向天湖的一壺茶，回到台北，聽一場書法的演講，有個人仿趙孟頫寫〈赤壁賦〉，膺品永遠不可能成為真跡。你回到自己的世界來了。

　　那個月光下的向天湖，柏葉幸子說，只要你想回去，就會找得到進入的路。

桃花紅李花白

鸚鵡

　　文人似乎都有特殊的喜好，像齊白石對畫鸚鵡似有偏愛，他畫鸚鵡時會題字，嘲諷鸚鵡愛學舌，這一點《紅樓夢》中的鸚鵡正是將習性表露得淋漓，黛玉養的鸚鵡會學主人長吁短嘆，鸚鵡完全是林黛玉的翻版，當黛玉問紫鵑是否添了食水，鸚鵡也學著黛玉平日吁嗟音韻，長嘆一聲，念道：「儂今葬花人笑癡，他年葬儂知是誰？」

　　哥倫比亞作家馬奎斯的小說《愛在瘟疫蔓延時》中寫烏爾比諾醫生養的鸚鵡會講像大學教授一樣道地的法語，會背馬太福音。馬奎斯是借一隻鸚鵡來罵大學教授嗎？最後醫生為了捉飛到芒果樹上的鸚鵡而摔死。出版社介紹馬奎斯時的作者欄上寫著：讀者遍及全世界。啊！馬奎斯的鸚鵡也因此全世界知名。

　　你因為太愛馬奎斯的小說，拾了他牙慧，寫了一篇小說，其中也有一隻吃愛文芒果的鸚鵡，不但會記誦唐詩宋詞，還會對對聯臨字帖，鸚鵡說他讀完四庫全書的一半，自稱是二庫伯。

　　鄭板橋寫給堂弟鄭墨的家書，他對人讀書只求記誦的加以批評：「讀書以過目成誦為能，最是不濟事。眼中了了，心下匆匆，方寸無多……」「目過輒成誦，又有無所不誦之陋。」「若

一部史記，篇篇都讀，字字都記，豈非沒分曉的鈍漢。」板橋甚至主張「當忘者不容不忘」。讀書只誇口記誦，而絲毫不知運用，只成了腐儒冬烘，沒事只去誇口他背書得了幾分，曾經是班上第一名。鄭板橋應該不會喜歡養鸚鵡吧？

福樓拜寫的小說《一顆簡單的心》裡的鸚鵡名叫露露，身體綠色，前額藍色。福樓拜的鸚鵡不分顏色不分黨派，為族群融合做了最好的示範。寫這個小說時，福樓拜曾到博物館去借一隻鸚鵡回家。後來作家故居就陳列了一隻鸚鵡標本，此鸚鵡非彼鸚鵡，但是遊客不在乎，只要有鸚鵡就好。有作家乾脆將《福樓拜的鸚鵡》寫成一本以福樓拜為中心人物的小說，作者巴恩斯是一名退休醫生，自稱是研究福樓拜的業餘學者。

故宮也有許多隻漂亮的鸚鵡，玉鸚鵡。

殷商先民享用玉器的情形，似乎相當普遍，殷墟婦好墓近年出土的玉器都有穿孔，比較小的孔，一般是用來作系孔用的，玉鸚鵡就大多有穿孔。婦好墓出土的對尾雙鸚鵡，冠上和尾中的系孔很明顯都是為了配飾在胸前的方便而穿孔的，而有的時候穿孔，或是為了當鳥的眼睛。故宮院藏還有一把鸚鵡造型玉梳子也極為討喜，在嘴下及腹前，靠幾個相對的穿孔，將兩隻鸚鵡的形態簡潔有力地表現出來。那個雙鸚鵡玉梳也是愛情的盟誓吧，每次梳頭時都免不了無法言宣的思念。

殷王武丁有六十四個妃子，最寵愛的妃子是婦好，她的名字在商代甲骨文上出現過一百七十次左右。甲骨文上記載，她死後武丁悲慟欲絕，在獻牲禮給她時，痛哭失聲，婦好還經常在武丁的夢裡出現。在殷墟婦好墓中珍貴的玉器標誌的似是，遙遠的、

永不過時的男女愛悅。因為對愛情的虔敬心意，你甚至對婦好墓出土的那個對尾雙鸚鵡有難以言喻的好感，配戴在胸前的溫潤的一塊玉，成雙的鳥兒似纏綿繾綣，又似低語呢喃。

　　古人喜歡鸚鵡，是因為他解語嗎？學舌與解語，有時不太有區別。

白玉荷蟹

　　我不會忘記齊白石曾拿他畫的白菜圖向門口菜販換一顆大白菜，只換來菜販的一陣奚落。白石老人擅長畫花鳥蟲魚，尤其特別將日常所吃的蔬果、所見的蟲鳥魚蝦，寫繪得鮮活靈動，他似乎將生活中的慳吝困窘，在丹青中得到補償。一個要將自己家中米缸上鎖的人、一個畫鹹鴨蛋都要切成四份的人，他在數以萬計的荔枝、櫻桃、柿子、枇杷、龍眼、葡萄、竹筍、蘑菇、辣椒、芋頭、蘿蔔、螃蟹、蝦子、魚酸酸悠遊行走，讓自己有如繪畫世界中的帝王，任意揮灑，無人能及。

　　十幾年前，在北京琉璃廠榮寶齋買了幾張齊白石作品的明信片，一張鸚鵡圖，他寫著：「汝好說是非有話不在汝前頭說」，畫的是鸚鵡愛學舌賣弄的特性，似有寓意；一張螃蟹圖，上面題「何以不行？」兩隻煮熟的紅螃蟹，放在盤子裡，可以看到白石老人對原先橫行的螃蟹憐憫之意。

　　李漁嘗以為「蟹乃水族中之尤物」，蟹的知音很多，皮日休、陸龜蒙、蘇東坡、黃庭堅，都算是能吃又能寫的大家，而對螃蟹最癡情的當推笠翁，他在《閒情偶記》書中做了告白：「予於飲食之美，無一物不能言之，且無一物不窮其想像。獨於蟹螯

一物，心能嗜之，口能甘之，無論終身一日，皆不能忘之；至其可嗜可甘與不可忘之故，則絕口不能形容之。」

齊白石似乎很喜歡畫螃蟹，他畫的螃蟹都不太肥美，他似乎不是吃蟹的人。

家母不喜歡淡水魚蝦，她認為不在海裡的都不是魚，螃蟹亦然。受母親影響，我只喜歡吃海蟹。

朋友與我都很愛吃螃蟹，雖不至於像笠翁每年為吃蟹要留買命錢，卻也將吃蟹引為生平大事，不過，朋友一直埋怨：螃蟹這麼好吃，不應該長得那麼麻煩。殊不知，吃蟹的麻煩正是他的優閒風雅，就像剝栗子、剝瓜子一樣，完全不能假手他人。

吃蟹時第一要事就是要看有否蟹黃？螃蟹無蟹黃簡直枉為螃蟹，我的朋友振振有詞地說。有關白蛇的傳說中，螃蟹原來是直行，法海被鎮在裡頭以後只能橫行了，而蟹黃，是法海變成的。我一直不太喜歡這個螃蟹的傳說。

故宮有許多關於螃蟹的器物、書畫，好像都是淡水蟹。院藏有隻漂亮的「白玉荷蟹」，蟹當然是橫行在荷池裡，我們也很容易見到宋代的「殘荷螃蟹圖」；徐文長有「蘆蟹圖」，而院藏沈周的螃蟹圖有好幾幅，常常是在稻田裡，明代的另一個畫家顧繡就有「稻蟹圖」。每次看到「白玉荷蟹」，就想起許多相關螃蟹的童年往事。

有關螃蟹的種種，最令我難忘的是汪曾祺先生的一段文字，他寫祖父在春天時想吃螃蟹，螃蟹都是秋天才有，他父親就用瓜魚（水仙魚）偽造一盤螃蟹，據說吃起來像真的螃蟹一樣。這一段讓我想起故去的父親，大陸開放以後，他在台灣南部收到安徽

桃花紅李花白

老家的信，信上說祖母還健在，身為獨子，十幾歲就離家的父親很激動，馬上就想回去看祖母。後來，父親終於回老家探親，祖母早已不在，故去四十幾年了，連墳都找不到。

　　前一陣子，去澎湖一趟，帶回幾隻海蟹，蒸熟一剁，都有我愛吃的蟹黃，父親也極愛吃螃蟹。

白菜

　　自稱會鑑定玉的朋友買了幾塊羊脂玉，順便在北京找人加工過，於是我的櫃子裡有幾件玉飾品，中國結搭配玉桃子、玉雞的。朋友一番盛情，羊脂玉的造型極生動小巧，有時也忍不住拿來戴在脖頸。然而，所謂玉的態度也僅如此，就像對其他珠寶一樣，似從無擁有的念頭。

　　研究室與住家都離故宮博物院很近，每天從外雙溪社區的家中出發，一定會經過故宮，對門口的印象似乎是個大大的毛公鼎，後來，發現那個複製的鼎很大很大，比故宮裡面的毛公鼎大多了。我們通常有個習慣，把許多東西在想像中放大，等到見到真品，突然很有失落感。毛公鼎、翠玉白菜的情形都是這樣，見到時，都會忍不住嘆氣，這麼小，書上的大多了。

　　有時候，捫心自問，每天經過的故宮，我熟悉嗎？在來來回回二十幾年以後，重新去認識這個鄰居，似乎是我在二○○六年開春的發願。

　　真正喜愛的文物是故宮所藏的北宋黃玉鴨、墨玉貓及玉荷葉洗，或許因為那是東坡的時代，喜愛那個人，連帶地，北宋的器

物也可愛起來了。黃玉鴨，鴨頭鴨尾，渾然天成，像是那塊玉生來就是為了琢磨成一隻會活過來的鴨子，黃玉鴨停在雨過天青的汝窯溫盌旁，那個瓷器巔峰代表作的溫盌所散發的光芒，顯得玉鴨益形珍貴。墨玉貓則與玉荷葉洗並列，墨玉罕見，荷葉洗則形塑得有如真的荷葉，連葉脈都清晰可辨。幾件小玉器，展現的是北宋文雅的日常品味，當然，文雅的生活品味是宋徽宗的政治上無能換來的，社會上腐敗黑暗可以想見，否則其後的東坡何以一再地遷謫、流放。

玉的硬度大，眾所周知，所以只能琢不能雕，而歷代的玉器仍有許多巧奪天工之作，例如什麼玉白菜、苦瓜之類的。

據說遊客票選，毛公鼎、肉形石與翠玉白菜是故宮三寶，有人戲稱這個組合不錯，毛公鼎可以煮白菜、燒豬肉。我對翠玉白菜沒有什麼好感，因為那顆白菜每次都有一群人擠在那兒嘰嘰喳喳，討論白菜如何像真的，上面還爬有兩隻小蟲，旁邊的五花肉也很像真的紅燒肉。當故宮禮遇肉形石與翠玉白菜，特別設置一個專櫃儲放展覽後，我更沒有欣賞的興致了。

清代的這兩件器物有些荒謬。肉形石材料只是石頭，只是將表面石皮加以染色，造成肉皮、肥肉、瘦肉層次分明，又展現肉皮的毛孔。觀者不過就是為了形似而看一塊豬肉石。而翠玉白菜據說原在紫禁城的永和宮，可能是光緒帝妃子的陪嫁品，玉白菜與上面的螽斯、蝗蟲是為了象徵清白及祈求多子多孫，然而，光緒帝並無子嗣，只留下一個相似度百分百的白菜。翠玉白菜的玉看來並非上乘的玉，故宮比他好的玉不可勝數，而遊客卻常指定

要看肉形石與白菜,使得肉形石、白菜在院藏文物中得到特殊待遇,原來,文物與人一般,需要世俗的吹捧,無人吹捧而能得到青睞者很難,只能在角落孤芳自賞。

可不是,媒體才報導說翠玉白菜做成的許多小玩意為故宮賺進大把的鈔票。翠玉白菜手機吊飾、翠玉白菜筷架、翠玉白菜磁鐵。常百思不解,買這些小玩意不如去買顆真正白菜,還可以做火鍋吃。

故宮博物院還有另外一幅有名的白菜,那便是傳綮畫冊中的第四開李林燦名之曰瘦白菜圖,正如惲南田氏所說的,畫白菜最要講究「墨汁淋漓盡致」,那就是說要「肥胖」一點才好運墨;而傳綮這一顆白菜卻瘦瘠可憐,只幾條線一點點墨,很顯然的是「營養不良」,試把這兩幅白菜並列以陳,真有環肥燕瘦之諧趣,煞是好看。傳綮即八大山人朱耷,他是一位非常人,心理上和常人不一樣,看他後來畫的魚和鳥等,一個個都憤世嫉俗,作奇形怪狀的表情,人家畫白菜為表現豐沃,他卻要顯示它的瘦瘠。難怪八大山人的畫一向被人認為墨點少而淚點多。

說到白菜,又不由得想到齊白石。與初識見面的外國朋友吃飯,剛學了兩天中文,吃飯的她不忘練習中文,一面吃白菜一面介紹白菜,白菜的白是白色的白,她說齊白石的白她知道。好了,齊白石真是名聞歐美,而中國人卻有眼不識大師,車前子《好吃》書中說到齊白石與門口的菜販做交易,畫了一張白菜圖想跟菜販換一顆大白菜,菜販摸摸畫家的頭,不屑得很:你的白菜又不能吃,能做什麼用?

齊白石曾為白菜喊冤，牡丹是花中王，荔枝是果中王，何以白菜不能稱為菜中之王？

　　故宮的白菜不寂寞，齊白石的白菜，很寂寞。

桃花紅李花白

阿奇里斯的腳踝

　　老教授在台上口沫橫飛地說自己大學時代的輝煌成績，第一名畢業，班上文章寫得最好，學問很好，人品也是一流，毫無瑕疵。有時候說自己學問不好，那是謙虛，你們不要當真。老教授反覆地喃喃地強調著。學生在台下振筆疾書，將老師的自白記錄下來。

　　你想起阿奇里斯（Achilles）的腳踝。阿奇里斯在特洛伊戰爭中原本所向無敵，因為阿波羅神出面干涉，最後被巴黎士用箭射在全身唯一會受傷的地方，腳踝。阿奇里斯出生時，仙女母親佘蒂絲把他浸在神聖的守誓河裡，可以讓兒子刀槍不入，但仙女還是疏忽了，她握著的腳踝沒浸到水，腳踝是阿奇里斯唯一的弱點。

　　阿奇里斯的弱點只有腳踝，而你全身都是致命傷，隨便一點都足以致命。

　　讀小學時在那個繞一圈只要半小時的澎湖離島，全班都會游泳潛水，好像會走路的人就會游泳，只有你不會，父親怕你進入水中就會溺斃，他從未想到也許女兒全身泡水後會刀槍不入。到

高雄讀中學，全班女孩都會騎自行車，只有你不會。慢慢地，你發現有的女孩會彈鋼琴會跳芭蕾舞會畫素描，啊！原來，你什麼都不會。

其實，人世間的確有毫無弱點的阿奇里斯。你對齊白石的畫愛不釋手，翻看著，只是歡喜，齊白石自己怎麼評價他的畫？他說自己詩第一，字第二，畫第三。名聞中外的畫，是白石老人的第三。黃永玉也說他的文章、木刻、雕塑都在繪畫之前，他的畫排在第四。有名的畫家的畫似乎都畫來易如反掌，他的成績還有好幾項都比畫畫出色。

有個星期天，午睡前，讀汪曾祺的文章，越讀越開心，睡不著了！這個人世間有這麼好的文章、字、畫，世界變得真美，突然，捨不得睡去。

汪曾祺學畫無師承，只因為父親是畫家，他大學畢業後很少畫畫，因為沒有紙筆。文革時，被劃為右派的汪曾祺在一個農業科學研究所畫了兩套畫冊：《中國馬鈴薯圖譜》和《口蘑圖譜》。汪曾祺說在馬鈴薯研究站畫《圖譜》，真是神仙過的日子，馬鈴薯開花時，他每天踏著露水，到試驗田裡摘幾叢花，插在玻璃杯裡，對著花描畫。

汪曾祺自言他的字有功力，有米字的霸氣，其實，他的文章更好，你每讀汪曾祺的文章，就覺得這個社會對不起他，總有想流淚的感覺。他寫在馬鈴薯研究站的生活真是經典，讓人要反覆誦讀：「下午，畫馬鈴薯的葉子。天漸漸涼了，馬鈴薯陸續成熟，就開始畫薯塊。畫一個整薯，還要切開來畫一個剖面，一塊馬鈴薯畫完了，薯塊就再無用處，我於是隨手埋進牛糞火裡，烤

桃花紅李花白

烤，吃掉。我敢說，像我一樣吃過那麼多品種的馬鈴薯的，全國蓋無第二人。」

希望努力吃馬鈴薯還來得及，你開始喜歡吃馬鈴薯。

遇見蘇東坡

　　在那個臨溪的大學，第一次聽到有教授是這樣理解蘇東坡的，他在台上滔滔不絕地比較前後〈赤壁賦〉異同，首句就不一樣，後賦出現一隻鶴，前賦沒有鶴。是的，篇名也不一樣，一篇是前一篇是後，前後對立，對立的和諧。啊！東坡地下有知，難道不因文留後世而扼腕嘆息？東坡不能選擇他的讀者，教授卻選擇了學生。很久很久，我不敢再讀東坡，怕褻瀆了他。

　　人生，走著走著，不小心走過了四十年歲，在七月中旬的炎陽下，偶一走進故宮，遇見年紀相仿的東坡。

　　東坡四十六歲，被貶官到湖北黃州，遊赤壁後，有感於一生坎坷的遭遇，完成前後〈赤壁賦〉。隔年他手書〈前赤壁賦〉，並在自題款中說明因為多難怕事，務請深藏手書，故宮現在將〈前赤壁賦〉藏得好好的。元代書家趙孟頫寫過「赤壁二賦」，並在卷首作了一幅東坡畫像，趙孟頫當時四十八歲，似頗了解東坡心境。臨寫赤壁賦的歷代書家，還有文徵明、董其昌和張瑞圖等人，作品全部藏於故宮。

　　東坡可以引為平生知己的大家不少，字不能流傳千古的，可以用其他方式。

故宮所藏的金朝武元直赤壁圖是現存最早的一幅山水圖式作品，欣賞東坡的人不分中土或異族。文徵明不只書寫〈赤壁賦〉，也畫赤壁圖，他對東坡的景仰無人能及。

一生流離謫居的東坡，四十六歲以後還寫下公認神來之筆的〈寒食帖〉（成於1082年）。〈寒食帖〉正如東坡命運，居無定所，民間官府，元內府，明內府，轉入納蘭成德手中，又進清內府。英法聯軍入北京，火燒圓明園，〈寒食帖〉劫後倖存，流落人間，甚至有火灼燒痕。一九二二年，顏世清攜〈寒食帖〉赴日本江戶，以重價賣給菊池惺堂。隔年，關東大地震，菊池奮力救出〈寒食帖〉。二次大戰後未久，王世杰購回〈寒食帖〉，輾轉入藏故宮。

想到有一次去東京的公文書館內閣文庫的心情，走在皇居旁的小徑，微雨的午後，存世最古的南宋版本《東坡文集》在裡面，與朋友流連其中，覺得自己過了中年後最奢侈的一段時光。

東坡自言字體「短長肥脊各有態」，又說自己「我書意造本無法，點畫信手煩推求。」這是天才的真心話，凡人沒資格說。「天真爛漫是吾師」，相傳東坡寫字一向留白很多，為了給五百年以後的題跋，這似是他過謙，〈寒食帖〉已快有千年歷史了。過了一千年，大家竟都自覺了解東坡的心情，了解他對人世的纏綿愛戀。

蘇黃米蔡四大家，傳世東坡作品中，唯〈寒食帖〉有最好題跋，題跋的山谷不只是江西詩派宗主，也是宋代四大書家之一。看〈寒食帖〉，連帶地對黃山谷有崇敬之情，他讚美「東坡此詩，似李太白，猶恐太白有未到處！」寒食詩比美詩仙李白，而

桃花紅李花白

書法「兼顏魯公、楊少師、李西臺筆意」，顏魯公和楊少師是蘇、黃書評中僅次二王的書家，如此跋〈寒食帖〉，可知山谷識者灼見。而他意氣昂揚，毫無怯意，題跋的字寫得比東坡還大，東坡與山谷是紅花有綠葉，相襯相得。董其昌也曾見此帖，用小行楷題兩行，寫「余生平見東坡先生真跡，不下三十餘卷，必以此為甲觀……」到了阮元，直接評為「無上神品」，魁星落入凡塵，必歷劫始得返天庭。

自我來黃州，已過三寒食。年年欲惜春，春去不容惜。今年又苦雨，兩月秋蕭瑟。臥聞海棠花，泥污燕支雪。

東坡被貶黃州，到了寒食節，不說自己落淚，只說自己苦雨。如海棠花的自己無人賞識，只落得一身泥污。而君門深九重，他把一個「君」字寫得小到幾乎不見，也擬哭塗窮，死灰吹不起。

隔了一千年，我們畢竟看到，海棠花還是出塵絕俗。

看過一齣小品的影片，一個生活陷溺低潮的女孩子，一個要來故宮看「寒食帖」的異國男子，對影片的女主角印象深刻，氣質出眾，後來，才知那個女孩叫桂綸鎂，每日經過便利商店會看到她為咖啡廣告代言的相片。上課時，問學生看過那部影片嗎？沒有。只是好奇，不知脫俗得令人驚艷的女主角是否見過「寒食帖」真跡？她是東坡的Fans嗎？

四十六歲的我，走出故宮，不禁為東坡捏一把冷汗。如果他官運亨通？如果他仕途順遂？那會是一個什麼樣的東坡？

丹楓呦鹿

　　學生送了一個放筷子的長型盒，上面有一隻憂傷的長頸鹿，像似驚懼地向遠方凝望。我想起迪士尼卡通的「小鹿斑比」，母鹿被獵人射殺了，留下在皚皚雪地中的孤單小鹿身影。

　　我其實不願去回想自己曾經歷過的滿桌鹿肉、鹿血宴席，更努力要遺忘中藥店裡常見的鹿茸等等。人為鍋鼎，我為糜鹿，這話可原是為滿山遍野鹿群抱不平？

　　戰國的漆器木雕有鹿的形貌，鹿有權勢象徵、富貴氣象；故宮所藏的宋人「壽鹿圖」，完全在表現瑞應、福祿，兩隻珠光寶氣的鹿，一雄一雌，看來有些滑稽可笑。鹿的世俗化在明代更徹底，故宮還有張宏「百祿圖」，畫的鹿全有鹿角，又肥又圓，顯得呆滯，在利祿面前，要飛揚激越，很難。更好玩的是一件萬曆窯的五彩百鹿尊，酒甕的百鹿到底幾隻？仔細瞧過幾次也不明就裡。幾棵像是水草的樹，褐色的、紅色的、紅色的、米色的鹿紛亂散布其間，姿勢很一致，乍看只感覺俗麗。

　　有人說明這幅圖是八十三隻五色大小鹿群徜徉在山林間，配上參天古松，極為可觀。看來我有詆毀文物之嫌。

鹿苑長春是明代相當流行的圖案設計，故宮中一個剔紅鹿苑長春兩層長方盒就是一件玲瓏精品，以松竹梅為背景，鹿群悠遊於森林中，或臥或立或走，顧盼自得，姿態各異。盒子原為貯存各種小巧骨董飾品，雕工細膩，脫俗高雅，讓人流連不忍去。

學文學的人大概都對《詩經》的呦呦鹿鳴印象深刻，在故宮所藏的名畫中，「丹楓呦鹿」與「秋林群鹿」一向受到青睞，日本二玄社甚至將「丹楓呦鹿」精美的複製品流傳世界各地。兩幅畫中各畫了八隻或九隻鹿，都各有一隻角五叉的雄鹿，或昂首闊步，或揚蹄俯衝，表現雄鹿首領在美好的秋天季節與鹿群歡悅景象。李霖燦先生認為這兩幅畫不似華夏漢人手筆，像是邊陲民族風格，有畜牧民族與鹿為友的襟懷，他考證可能是大遼國君王送給宋仁宗的禮物。

友邦君王畫的群鹿在秋林丹楓的氛圍下流露一種難得的閒適自在神情；相對而言，「百祿圖」、「百鹿尊」顯得慾望多了些。

在傳統漢人的思維，與鹿為友只是口號，長久以來，鹿的符號代表不是權就是錢，或者是口腹之慾；走在擾攘的故宮門外車陣中，不得不讓人思索，官場中永遠是權勢，連學術中人要的也永遠是位置，一而再再而三，就是要當個主任什麼的，可以掌握資源，可以酬庸人事。而對兩位君王來說，丹楓呦鹿的境界可能是他們彼此都不能企及的奢望。

朋友曾經影印了幾張漢代畫像石的鹿圖案給我，奔騰跳躍的一隻隻鹿好像活了過來，從古代向我跑來。而去故宮的經驗，裡面的鹿著實不少，像是家族的族徽圖騰，姓鹿的人家去故宮找他

的同類。我記得深刻的是一個漢代的青銅書鎮，一隻鹿微微笑著，背上挖空，安放一個大螺，橢圓的螺殼在歲月的流逝中已風化泛白，吹彈即散。漢鎮以青銅比較多，安排成鹿的盤踞趴狀的並不罕見。漢代的一個書鎮，放在書桌上，原來的主人必定是早晚摩挲撫玩，鹿角流露瑩瑩亮光。我想起自己也有兩個鹿型的青銅色書鎮，在日本奈良購置，一個圓形的有如銅鏡，小鹿站著，顧盼自若；另一個則是飛奔的鹿型，鹿腳彎曲，似大力彈跳。

當然，不必在奈良的鹿苑才能見到鹿，故宮的鹿太多了，從殷商到明清都有，姿態各異，每一隻都是歷史舞台上的閃亮明星。《史記・管晏列傳》中管仲「射中小白帶鉤」，學者說帶鉤是鉤繫束腰的腰帶頭，有時被視作祥瑞之物。故宮中就有戰國時的「躍鹿紋獸首玉帶鉤」，生動的一隻飛躍小鹿在不知名的獸頭上，長度只有八公分多，如果那是腰帶頭，有長二十幾公分的青銅帶鉤，大概重得不像話，古代男人應該也很愛美，不怕麻煩。

西周召公有個青銅卣器，裝著黑黍、香草合釀的美酒，祭祀以後大家宴飲，卣器很華麗，提梁銜著器皿身腹的是兩個相當大的鹿頭，這麼大的酒器重達十二公斤，據說裡面的卦文表示人要節儉才是吉祥。董作賓先生考證，召公活了一百一十歲左右，雄偉的鹿首召卣讓人見到美德與高壽。

如果要見到更早的鹿，故宮中有商代的「鹿鼎」，大家一定馬上聯想到《鹿鼎記》這本書。平凡小民畢竟對「鹿鼎」的興趣不大，想到逐鹿中原、鹿死誰手，鹿的帝位象徵離我太遠，就不談了。

歌德與中國

　　現在的中年人在青春期幾乎都對《少年維特的煩惱》有記憶，而我，可能對《浮士德》更感震撼性，歌德帶領芸芸眾生共走一趟自我的試練過程。

　　歌德很早就接觸中國的文學作品，曾閱讀中國小說與詩歌的英、法譯本。三十歲左右時，還動筆將《趙氏孤兒》改編成悲劇。他向威瑪公爵圖書館借閱各種內容的中國書籍不下四十部，也學過中國書法，還在宮中表演。一九九二年的夏季，站在海德堡古堡的歌德塑像前，我不停的想著，不知歌德的中國字寫得如何？會像畫符嗎？

　　喜歡中國文學的歌德同樣也獲得中國文人青睞，王國維在《紅樓夢評論》中將《紅樓夢》與《浮士德》相提並論，一九一四年馬君武首先將《少年維特的煩惱》中片段譯成中文，接著有郭沫若譯的《少年維特之煩惱》問世，楊武能的譯本在八〇年代印了八十萬冊。另外，歌德名作《浮士德》也各有郭沫若、錢春綺、董問樵及綠原的中譯本。

　　歌德於一七四九年八月二十八日出生在法蘭克福。他的出生地故居成為世界熱愛歌德者的朝聖之地，故居四樓是詩人的房

間，他在這裡完成《少年維特的煩惱》、《浮士德》初稿。房間中還有拉奧孔（Laocoon）的半身像，牆上有歌德做的畫，窗旁寫著他受洗、出生的日子。

聽說歌德只用四個星期就寫好《少年維特之煩惱》，也聽說拿破崙在行軍途中帶著該書，而且讀了七遍。一八〇八年拿破崙進軍西班牙之前來到埃爾福特，在臨時寓所召見歌德，拿破崙說他不喜歡小說的結尾：「被傷害的自尊和功名利祿這樣的主題不必和愛情交織在一起。」真正愛過的人必懂得愛情的純粹與無可取代。

歌德於一七八二年遷居威瑪的大宅，他的朋友席勒、黑格爾、海涅、費西特（Fichte）都來做過客。孟德爾頌、克拉拉·舒曼還在此彈過鋼琴。歌德的工作室中，靠窗那個較高的傾斜的桌面是他的寫字台，原來他是站著寫作的。

一九九二年的那個夏季，威瑪在長久的隔離後再度融入自由世界，只有火車站前的那個老舊旅館標示著往日的榮華，在小城中走著，不是歌德就是席勒的影子，他們是威瑪的代表。歌德晚年喜歡與貴族交往，當他與貝多芬一塊散步遇到王公貴族時，歌德退到路邊脫帽鞠躬，而貝多芬不為所動。不為權勢所懾，何其不易！

歌德去世後，他的靈柩被安葬在好友席勒墓地旁，他們生前的深摯友情想必可以延續到來世。

在讀《少年維特的煩惱》、《浮士德》多年以後，我接到有人從海德堡寄楓葉給我，而我去了海德堡，又重新讀了一次歌德。

桃花紅李花白

以花佐餐

　　有個多年前認識的朋友，春節時頻頻上電視，他在教觀眾如何塑身、減肥，有時候跳一會有氧舞蹈，有時候教大家如何計算食物的熱量。那個朋友涉足的領域極廣，不過，我發現他塑身減肥的專家頭銜最受歡迎，可能也獲利最豐。

　　鏡頭前的朋友有一副中年發福的身材，小腹突出，我是不太相信塑身減肥這回事的，要適度的運動，持之以恆，才能保持健康吧！當然，我周遭的姊妹淘們很討厭這個陳腔濫調，她們認為我說風涼話。我們家族成員幾乎都偏瘦，我一向不忌口，腰圍卻始終保持在大一的水準，只在兩次懷孕時體重達到六十公斤，一生完小孩兩個月就自然恢復成五十以下。這樣說，一定要引起公憤的。所以決心要運動，完全是因為要鍛鍊身體、要放鬆心情。

　　去年元旦時，一位與我同齡的朋友驟逝；不到一年，三十歲左右的學生竟病亡。傷痛之餘，不得不良心發現地決定好好對待自己的臭皮囊。

　　春節過後，全家開始一有空就爬山。大崙尾山就在家附近，來回三、四公里而已。走幾百公尺就宛如進入森林中，蕨葉在一棵棵高聳的樹下，冒出綠芽。

我們走上山頂，在每一次的午餐時間。午餐吃的又簡單又豐富，在家中先烤好的蕃薯、水煮蛋、水煮玉米，還有自己煎的蔥油餅，甚至還帶過自己烤的栗子，水果是桔子或香蕉。保溫瓶裝的水夠熱，可以在涼亭泡茶。每次在可以俯瞰陽明山的山頂平台吃午餐，總覺得自己離天堂很近，天堂也不過如此吧！沒有髒污的人事，沒有紛擾的塵囂，只有風聲、鳥聲，只有蝶飛、蟬鳴，仰望蒼穹，雲朵白得不能再白、天空藍得不能再藍。

朋友要我爬山時記得找她，她也想在櫻花、桃花樹下午餐，花瓣紛落，落在我的白煮蛋、黃玉米旁邊，像一幅繽紛的靜物畫。

每一次，我都有一個豪奢的假日午餐時間。

遠國異人

　　因為執行一個國科會的研究計畫，我到花蓮的阿美族部落去做田野調查，除了助理，還有兩個朋友，一道去遊山玩水。

　　住的民宿有跳蚤，同行的朋友皆狼狽，回台北後，還去看醫生，我獨無知無覺，也許是十幾年前在雲南被跳蚤咬慣了，他們認識我，引我為知己，再不互相殘殺。我一直相信，蛇蟲與人一樣，只會欺生。

　　朋友忙著應付跳蚤，而我忙著讀一本書，《天真的人類學家的小泥屋筆記》，英國的人類學家巴利用幽默諷刺的筆調調侃田野調查的徒勞無功，因為調查者很難真正遇到願意密切配合的原住民，大部分原住民總是敷衍了事或含糊其詞；調查者通常不願意承認，能夠直接從原住民口中得到的東西實在不多，而且不清不楚。另一個做導讀的同行學者似也在一旁訕笑著：何謂人類學？或許就是人類學家的天真與原住民的天真所碰撞出來的知識。

　　其實，巴利在研究西非的多瓦悠人的割禮儀式時，收穫極為豐碩。他遇見的意外事件和倒楣事足夠拍成一部好萊塢喜劇片，旅途中的生病初體驗可以寫成一部醫藥百科全書，而對異文化產

生的荒謬誤解則可以編成電視肥皂劇。幫巴利寫序的教授說這些理應被刪除的內容卻成了書的主幹，讓他讀此書時笑得從椅子上跌下來。

早在18世紀90年代就有人說，人類學就像旅遊札記，只是多了學術化註腳、參考書目和理論框架而已。

因為讀巴利的《小泥屋筆記》，我對田野調查時的成果不那麼苛求了，我兩三天的行程，只是喝了一點小米酒，吃了好多小米麻糬。另外，我努力在豐年祭時學跳舞，希望明年能跳得像原住民一樣。

在阿里山特富野部落，我的原住民朋友巴蘇亞拼命喝小米酒，剛參加完瑪雅斯比戰祭，從男子會所庫巴抬出火炬到廣場後，他忙著跳舞唱歌，一面熟練地當起了指揮，似醉似醒的喃喃地反覆說，鄒族人都是挺你的朋友。在特富野部落時，第一次覺得他是如此如此可愛的一個男人。

我的朋友離開了部落，離開他從家裡走路要兩、三小時才能到達的母校達邦小學，跳舞唱歌的他說自己一年當一次鄒族人。而我，認識鄒族人巴蘇亞二十年，去部落時見到一個真實的巴蘇亞。原來，我們偶爾總要回到遙遠的童年時空中才會覺得真實。然而，童年時空卻往往只是遠方的異界他界，到馬上就要準備努力歸返。沒有可以永恆停駐的仙鄉桃花源。

每次的田野調查當然也是一次旅行，我揶揄自己似乎帶著造訪遠國異人的心情，這並非對原住民不敬，實際的情況是，遠離台北每每讓我有台北還不錯的念頭。離開，為了歸返。在每一次歸返時，我儲備能量再對抗日子一成不變的煎熬。原先，被田野

工作者視為神的馬林諾夫斯基在日記中說他被慾望和孤寂所苦，激起人類學界群情激憤，說他的日記對人類學造成傷害。其實，換個角度想，能被慾望與孤寂所苦正是修煉的一種，在安逸的生活中，大多數人都已變得麻木。

　　原來，被跳蚤咬是人生之必要，朋友說，她第一次見到跳蚤的長相，以後也會記得他們，卻不可能記得什麼人類學家馬林諾夫斯基。

鹿回頭

　　1970年前後島嶼的童年，班上的同學大部分姓陳，陳進添、陳財發、陳志雄、陳美珠、陳素珍、陳貴妃、陳麗惠，我不記得同學有其他姓氏，其他姓氏最特別的是鹿。不姓陳的人應該不是大倉嶼的，也不像隔壁島的，至少姓得比較讓人習慣，例如姓林啦姓張啦。姓鹿的人家，與姓龍姓羊姓馬姓牛姓熊一樣，是個怪胎，不像畜牲，至少像牲畜。多年以後，台灣選出一個姓馬的總統，不喜歡的人罵他，馬的。不知是否要與有榮焉，偶爾也該享受一下指鹿為馬的榮耀。如果覺得當總統是榮耀的話。

　　姓鹿的人在那個澎湖的離島上是個時代悲劇，像一株草，被人連根拔起，隨手一扔，從安徽淮河邊扔到澎湖小島的沙灘上。他一生堅持，三餐都要麵食。生命中唯一可以掌握的是，早上一定吃個饅頭，配一根辣椒，晚上吃麵條，配一盤辣椒。

　　小時候，最常被同學問一句話：為什麼姓鹿？當然，我不知道自己為何姓一個奇怪的姓，反正，父親姓鹿，難不成要姓馬或牛？

　　母親是澎湖人，我的閩南語從小溜得很，分辨得出如果像陳水扁一樣講「看衰小」會被母親摔巴掌，那不是有教養的人該用

的語言。因為閩南語很溜，不姓陳也無所謂，在童年的小島上，不曾有孤立的哀傷。父親不同，來自皖北的他像外國人，似乎未真正融入漁民的生活中，何況，他又讀了一點書，在那個魯迅的書全被禁的時代，會讀陳寅恪、陳獨秀的人基本上是很不幸的。

阿姨嫁的人不姓陳，姓左。是個湖南騾子，騾子不會比鹿好。阿姨成為左太太以後，母親娘家的兄弟就不理她了，連外婆去世，阿姨都差點奔喪不成。不姓陳的人可能有另一種寂寞，他偷聽大陸的廣播，被人告發，姨丈後來坐牢了。姓左的表姊表妹曾在島上的鹿家住過很短暫的夏天，因為不姓陳，我們有彼此同情的了解。

島上有一些不姓陳的人來來去去，姓王的人是調來的警察，是江蘇人，他不知怎麼有一隻黑羊，那隻黑羊由我牽著每日去學校放牧，學校的操場邊有東一堆西一堆的小羊屎，有如日本的喇叭牌正露丸，那是童年時最熟悉的藥，有人肚子痛都會向母親索討。與父親相熟的還有派駐在島上的小兵，三、四十歲的單身羅漢腳，有一個麻臉的排副姓楊，是山東人，他送郵票給我，還請我幫他謄寫情書。生命的第一次看電視經驗，是在他們海防部隊的14吋黑白小電視中，我聽到了鄧麗君的歌，而且可以看到她甜美的長相。

2006年夏天以後，臺北開始如火如荼地倒扁，要領導人陳水扁下台，有人喊貪腐集團為「陳家幫」，引來姓陳的抗議，幹麼用陳家幫，吳淑珍不姓陳，趙建銘不姓陳。同樣的情況卻無人抗議，發動倒扁的施明德被人寫成「屍」明德，電視評論節目上被譽為名嘴的施姓大學教授並不在意，因為他反對「倒扁」，他反

桃花紅李花白

對施明德，施明德成了「屍」明德，他似乎有些幸災樂禍。不用說同姓同宗的不會相挺，連手足夫妻都因為支持的政黨不同而致反目。

姓陳的人還有陳致中，他是陳水扁的兒子。陳水扁原來可能對中國很認同，連兒子的名字都很親「中」；然而，下台後，因為涉嫌貪污而被收押甚至入獄的陳水扁卻喊著台灣獨立建國，對那些取名「念台」、「台生」的非陳姓人士大加抨擊，那些外省人，不愛台灣。因此，我知道有的所謂教授，自居為有良心的外省人，看到綠樹都奉為神主牌要擁抱一番，生怕綠營懷疑他的忠貞，而在陳水扁取得政權後，的確有人就享盡權力滋味，每天載歌載舞。

還有個當過外交部長的人也姓陳，陳唐山，唐山過台灣，唐山大地震，他似乎喜歡唐山。不過，唐山在河北省，河北省在中國黃河以北。也不是姓陳就沒事。那個陳雲林，不只姓陳，還喜歡台灣雲林，一到台灣就被群起圍攻，主張台灣獨立的人趕快出來驅趕「中國豬」。

父親一生抑鬱，他從不是我生命的楷模標竿，卻影響我極大，他擔任我小學六年的級任導師，是我文學的啟蒙，使我一生都保有對人世的不卑不亢態度，我願意努力讓自己的一生都能俯仰無愧，在將來與他重逢時坦然說自己不曾辱沒他。

父親與母親的婚姻一直不太和諧，在三、四十年的相處歲月裡，永遠是反覆的爭吵、冷戰，他們連三餐都不曾統一過，永遠是一邊麵一邊粥，辣椒、地瓜壁壘分明。慌亂的童年很快結束，我與父親似不曾真正彼此理解過。待我有能力意識到父女的僵局

時，父親往生。一直到父親遠離，我才真正平心靜氣地去認識他。如果還有來生，我願意祈求重續父女情緣，彌補今世缺憾。上蒼原是厚待我，一女一子是我最珍貴的「擁有」，在學習當父母的同時，深切地體會到父母有父母的局限，是一門深奧難懂的功課。人倫親情本是不可否認地極度下傾，父親從未要求子女回報他的愛，正如我不會去奢望子女的回報，在產育子女後，我終究認清，多年前我降生時父親為人父的無比喜悅。

我沒有最愛的國家。全世界任何一個角落都是異鄉，然而，大抵心安即是家，異鄉也都是故鄉。喜歡旅行，喜歡生命的流動感，在流動中有驚奇，我喜歡每一個陌生的城市。然而，我沒有什麼喜歡的國家，國家這個詞讓人想起政府，想起統治者或獨裁者，讓人想起權力的腐化。人，不應該有地域觀念，不應該有族群的問題，我是無國家主義者，我願意當一個世界公民。

我一直喜歡茨威格《異端的權利》那本書，對黨同伐異有一些反感，或把他們當委瑣的跳梁小丑加以憐憫；而對不與流俗同的人有一種體諒，或者說，認同的慈悲。

桃花紅李花白

一棵樹

　　你心中記得一棵樹，小小的一棵梅樹，開在常玉書桌上的一個方形陶盆裡，瘦骨嶙峋的一小棵梅樹，襯在金綠色的背景中，遠望時像似崢嶸的鹿角，或分叉的大枯枝。仔細一看，梅樹枝椏盡頭有兩小枚葉片，有四五朵小花，你甚至還看到了枯枝上的一隻鳥。常玉的梅樹是一棵徹徹底底的枯黃，而枯黃當中偶露一絲微亮。你的心隱隱痛著，種那樣一棵梅樹，一定有巨大的深沈寂寞哀傷，沒有春天的心情，沒有花朵綻放的喜悅，只有孤鳥對著枯枝的孤寂。你真愛常玉的那棵梅樹，恨不能與之同時。

　　你也記得一棵開滿杏花的樹，在台北三峽遠遠的山中，你專程驅車去看過一回。不久，朋友說那棵樹枯了，死了，你不信，只記得那滿樹出塵的白，不似人間。

　　你心中當有一棵更美的樹，在異國的公園中，在深夜的大雨滂沱中。朋友寄了相片，讓你遙想那棵幾百年銀杏在秋天的容顏，葉片如金雨般莊嚴地飄落。每每想起，總要泫然，美麗到極致會有種悲傷，而悲傷是難以言宣的愛。

生命中有些情意或者超越了知己二字，像誰說過的話，斯世當以同懷視之。其實，你曾經想過，你要為一棵美麗的銀杏寫一本書的，或者，你要為某人寫一本書，感念那一生一世的相知相惜，說此生無以為報。

　　這些年，你經歷過一些不愉快的事，自己都以為要聲嘶力竭去辯護，未料烏雲散去、雨過天青之際，才驚覺你不曾在意過，有些名字連提都不值得提起。

　　花枯，葉落，中年以後，你欣賞的原是生命的一分從容，優雅。

釀文學　PG0508

桃花紅李花白

作　　者	鹿憶鹿
責任編輯	蔡曉雯
圖文排版	賴英珍
封面設計	蕭玉蘋

出版策劃	釀出版
製作發行	秀威資訊科技股份有限公司
	114 台北市內湖區瑞光路76巷65號1樓
	電話：+886-2-2796-3638　傳真：+886-2-2796-1377
	服務信箱：service@showwe.com.tw
	http://www.showwe.com.tw
郵政劃撥	19563868　戶名：秀威資訊科技股份有限公司
展售門市	國家書店【松江門市】
	104 台北市中山區松江路209號1樓
	電話：+886-2-2518-0207　傳真：+886-2-2518-0778
網路訂購	秀威網路書店：http://www.bodbooks.com.tw
	國家網路書店：http://www.govbooks.com.tw
法律顧問	毛國樑　律師
總 經 銷	聯合發行股份有限公司
	231新北市新店區寶橋路235巷6弄6號4F
	電話：+886-2-2917-8022　傳真：+886-2-2915-6275

出版日期	2011年3月　BOD一版
定　　價	260元

國家圖書館出版品預行編目

桃花紅李花白 / 鹿憶鹿著. -- 一版. -- 臺北市：
釀出版, 2011.03
　　面；　公分. --（語言文學類；PG0508）
ISBN　978-986-86982-3-9（平裝）

855　　　　　　　　　　　　　100000991

讀者回函卡

感謝您購買本書,為提升服務品質,請填妥以下資料,將讀者回函卡直接寄回或傳真本公司,收到您的寶貴意見後,我們會收藏記錄及檢討,謝謝!
如您需要了解本公司最新出版書目、購書優惠或企劃活動,歡迎您上網查詢或下載相關資料:http:// www.showwe.com.tw

您購買的書名:_____

出生日期:_____年_____月_____日

學歷:□高中(含)以下　　　□大專　　　□研究所(含)以上

職業:□製造業　□金融業　□資訊業　□軍警　□傳播業　□自由業
　　　□服務業　□公務員　□教職　　□學生　□家管　　□其它_____

購書地點:□網路書店　□實體書店　□書展　□郵購　□贈閱　□其他

您從何得知本書的消息?

　□網路書店　□實體書店　□網路搜尋　□電子報　□書訊　□雜誌

　□傳播媒體　□親友推薦　□網站推薦　□部落格　□其他_____

您對本書的評價:(請填代號　1.非常滿意　2.滿意　3.尚可　4.再改進)

　封面設計____　版面編排____　內容____　文/譯筆____　價格____

讀完書後您覺得:

　□很有收穫　□有收穫　□收穫不多　□沒收穫

對我們的建議:_____

_____

_____

11466
台北市內湖區瑞光路 76 巷 65 號 1 樓

秀威資訊科技股份有限公司　　　收

BOD 數位出版事業部

....

（請沿線對折寄回，謝謝！）

姓　　　名：＿＿＿＿＿＿＿＿　　年齡：＿＿＿＿　　性別：□女　□男

郵遞區號：□□□□□

地　　　址：＿＿＿＿＿＿＿＿＿＿＿＿＿＿＿＿＿＿

聯絡電話：(日) ＿＿＿＿＿＿＿＿　(夜) ＿＿＿＿＿＿＿＿

E-mail：＿＿＿＿＿＿＿＿＿＿＿＿＿＿＿＿＿＿